3241 JAQUE MATE

Nathalia Tórtora

3241

JAQUE MATE

Nathalia Tórtora

Tórtora, Nathalia

3241: Jaque Mate - 4ta edición

ISBN 978-987-33-5744-2

1. Narrativa Argentina. I. Título

CDD A863

Diseño de tapa: Tórtora, Nathalia

Diseño de interior: Tórtora Nathalia

Corrección: Tamara Grosso

Fecha de catalogación: 06/08/2014

Hecho el depósito que dispone la ley 11.723.

"I used to think I was the strangest person in the world but, then I thought, there are so many people in the world, there must be someone just like me who feels bizarre and flawed in the same ways I do. I would imagine her, and imagine that she must be out there thinking of me, too. Well, I hope that if you are out there and read this and know that, yes, it's true I'm here, and I'm just as strange as you."

"Yo solía pensar que era la persona más extraña en el mundo pero, luego pensé, hay mucha gente en el mundo, tiene que haber alguien como yo, que se sienta bizarra y dañada de la misma forma en que yo me siento. Me la imagino, e imagino que ella también debe estar por ahí pensando en mí. Bueno, yo espero que si estás por ahí y leés esto, sepas que, sí, es verdad, yo estoy aquí y soy tan extraña como vos."

Frida Kahlo

Prefacio

Escribir un libro es jugar a ser Dios por un rato. Significa tomar la vida de tus personajes y enviarlos a cumplir un destino que solo vos conocés. Ser escritor es dar la vida, quitarla y, si uno lo desea, incluso devolverla.

Si quienes tomamos control de la pluma no planeamos nuestras estrategias con cuidado, si no nos mantenemos firmes ante un ideal o si nos enamoramos de nuestras creaciones; podríamos estar jugando a ser un dios malvado, un jefe injusto o quizás incluso un demonio.

Hay quienes se dejan guiar por sus maniquíes y otros tantos que son titiriteros. Lo cierto es que todos podemos ponernos al frente de este entretenimiento cuando encontramos las palabras correctas para jugar y brindar el show.

Nadie nace siendo escritor, pero muchos anhelan morir como uno, sabiendo que a lo largo de su existencia han logrado engendrar, controlar y asesinar a un grupo de seres gestados en las entrañas de su imaginación.

Quien tiene el control suele jactarse de ser inventor y creador de un universo diferente al que tenemos frente a nosotros y, sin embargo, gran parte de la narración posee influencias de la realidad; comenzando por el lenguaje, las palabras y los lugares que, sin importar cuán irreales parezcan, han tenido inspiración en nuestro mundo.

Es posible afirmar que nada es original. Ningún libro es único e irrepetible, no hay historia realmente creativa. Muy por el contrario, la literatura es el amontonamiento de ideas conocidas, bien mezcladas, que pueden dar origen a un nuevo e interesante relato.

Yo no soy la excepción a la regla, y como titiritera de este show, espero que disfruten del juego que he llevado a cabo estratégicamente con mis personajes y escenarios.

Gracias por considerar el siguiente texto entre sus lecturas.

Existió alguna vez un mundo diferente,
ubicado donde el nuestro está hoy.
Era un mundo de magia
y dragones alados,
pero una guerra lo destruyó.

LA IDEA

Diana no recorrió las calles de Buenos Aires de la misma forma que solía hacerlo cada mañana. Estaba ansiosa por llegar a destino.

Ella acostumbraba despertarse excesivamente temprano y tardar casi dos horas en caminar desde su departamento en Palermo hasta la universidad en pleno centro porteño.

La chica solía escoger distintas rutas cada mañana. Tenía algunas que eran sus predilectas, pero intentaba no repetirlas con demasiada frecuencia. En ocasiones, transitaba las avenidas llenas de personas apuradas; otras veces, caminaba por pequeñas callejuelas y diagonales en total soledad. Le gustaba mucho detenerse en cada esquina un par de minutos para observar detalles de la infraestructura y los modernos carteles. También era uno de sus pasatiempos el analizar los olores de cada barrio que recorría; las fiambrerías, el pan recién salido del horno y la humedad, entre tantos otros típicos aromas de Buenos Aires.

Definitivamente amaba aquella ecléctica ciudad que sentía tan suya; el sitio que se había convertido una vez más en su hogar.

Pero ese no era un día como los demás. Diana se despertó al horario usual, recogió su cabello mitad rubio y mitad rosado, y se colocó lo primero que encontró en el placard: jeans ajustados y una musculosa negra de AC/DC. Tomó su mochila y salió corriendo del departamento en dirección al ruidoso y caluroso subterráneo. Quería ahorrar tanto tiempo como le fuese posible y llegar a la universidad una hora antes de que comenzara la primera clase. Sabía que allí encontraría a su mejor amiga, Tamara, sentada en la cafetería del subsuelo bebiendo su usual chocolatada caliente luego de una agotadora noche de trabajo en el call center.

Cuando el primer subte se detuvo en la estación Bulnes, Diana se asustó por la enorme cantidad de personas que venían adentro y, por un momento, la idea de ir volando se dibujó en su mente, pero se abstuvo. Era peligroso recorrer el cielo en días despejados.

La joven suspiró resignada y esperó al siguiente tren que estaba igualmente concurrido. Viajar en el transporte público de Buenos Aires por la mañana era peor que soportar una tortura china. No había suficiente oxígeno ni espacio personal alguno. En el fondo, sabía que si quería llegar temprano, debería dejar atrás todas sus pretensiones.

Suspiró y subió de todas formas, abriéndose paso a los codazos mientras pedía permiso para seguir avanzando. La gente se amontonaba cerca de las puertas, para poder bajar rápido. Pero a ella eso no le importaba, porque debía seguir hasta la última estación, así que se deslizó hasta alcanzar un rincón al final del vagón. Apoyó su espalda contra la pared y cerró los ojos, prestando atención únicamente a la voz que anunciaba cuál sería la próxima estación. El calor y el encierro eran insoportables.

Al llegar a la universidad, observó la fila que se había formado frente al ascensor. Como de costumbre, más de veinte personas esperaban pacientemente. Era una gran pérdida de tiempo. Lo peor de todo era que una vez que lograba subirse, el ascensor se detenía en cada piso. Diana había intentado formarse en aquella fila el primer día de clases y terminó llegando veinte minutos tarde por culpa del ascensor. Nunca más.

Sin pensarlo dos veces, corrió por las escaleras laterales, tropezando torpemente en el último escalón, para caer de rodillas al piso. Pero nada iba a retrasarla. Diana se puso de pie en pocos segundos y, sin sacudir su ropa llena de polvo, ingresó a la cafetería.

Allí estaba su mejor amiga, sentada en una mesa, en el rincón opuesto del lugar con los auriculares en máximo volumen. La música podía escucharse desde la entrada del establecimiento. Todos los estudiantes sentados en la cercanía la observaban de reojo, preguntándose con qué clase de ruido extraño se estaba aturdiendo, ya que obviamente no se trataba de canciones populares. Tamara escuchaba metal.

Para variar, la chica de pelo oscuro se veía muy concentrada, dibujando rostros en las servilletas, y de vez en cuando alguna imagen que rozaba lo erótico, si tenía suficiente espacio en el papel.

Diana se sentó frente a ella sonriendo, pero sin decir nada. Su amiga levantó la vista y apagó el mp3, dirigiéndole a Diana su habitual mirada de *"Odio al mundo y no entiendo por qué carajo tenés esa sonrisa de feliz cumpleaños a esta hora de la mañana, un lunes."* Sí, así era Tamara, sus gestos y miradas eran tan expresivos que Diana se sentía capaz de leerle la mente; un poder que claramente le encantaría tener.

—Tu pantalón está sucio, tenés los cordones desatados y tu pelo es un desastre —comentó mientras inspeccionaba el inusual aspecto de la rubia aquella mañana—. ¿Te caíste de la cama?

—¡Buenos días para vos también! —respondió con sarcasmo la recién llegada—. Quiero mostrarte algo que se me ocurrió anoche y no pude esperar hasta final de las clases.

Tamara se cubrió la boca para bostezar.

—Primero pedite algo para comer, que seguro no desayunaste nada.

—Mmm... creo que voy a comprarme una barrita de cereal — respondió Diana, pensativa.

—Eso no es un desayuno —sentenció su compañera, alzando la ceja izquierda en una clara señal de desaprobación y, sin más, pidió seis medialunas y dos chocolatadas. Tamara se la pasaba comiendo, pero parecía no engordar nunca.

En poco tiempo tenían la orden sobre la mesa y Diana, apurada como siempre que estaba ansiosa, intentó explicar su idea mientras devoraba velozmente las facturas. La chica improvisaba gestos con sus manos, señalando un folio con algunas hojas impresas mientras intentaba hablar.

Se detuvo repentinamente al notar que, por la expresión de Tamara, no podía comprender ni media palabra de lo que estaba diciéndole.

Diana se apuró a terminar, y luego le entregó el texto a Tamara, cubierto de migas y con algunas gotas de chocolatada. La chica lo miró casi con asco, pero no dijo nada porque entendía que lo que fuese que iba a leer era importante.

—Anoche, después de cenar me puse a ver fotos y retratos viejos, y se me ocurrió escribir un libro con la historia de mi familia —anunció Diana, orgullosa—. Ya terminé el primer capítulo que es algo así como una introducción. Me gustaría que lo leas y me digas qué te parece y si está bien redactado. Sabés que me cuesta escribir cosas serias y a veces tengo errores de ortografía.

Tamara comenzó a leer. Su expresión era confusa; por momentos parecía reír, otras se la notaba desorientada e incluso un poco enfadada.

Capítulo I

Hace Miles de millones de años, en una época a la que no podría ponerle fecha exacta, la tierra estaba poblada por Dragones. Sí, dragones. Bestias de colosal tamaño que los humanos llamaron "Dinosaurios".

El cielo era dominado por la raza del aire; seres imponentes con bellísimas alas cubiertas de nubes. El suelo, en cambio, era territorio de los dragones de tierra, poseedores del conocimiento, la magia y el lenguaje.

En épocas de paz, compartían una capital, en lo que hoy seria África, conocida como Kinradhil. Era una fortaleza monumental gobernada por un representante de cada una de las clases. En aquellos días, ambos tipos de dragones trabajaban en conjunto, brindando las mejores capacidades de cada especie para un eficiente manejo del imperio.

Los hijos del aire formaban un formidable ejército mientras los de tierra impartían su conocimiento e investigaciones a las nuevas generaciones.

Durante el reinado de Ashim, del aire y Lorain, de la tierra, se desató el peor conflicto que la historia de nuestro planeta haya visto jamás.

Una mañana, el emperador del suelo fue hallado muerto en sus aposentos. No había cumplido siquiera dos mil años, por lo que se sabía que su fallecimiento no había sido natural. Todo dragón sano es capaz de vivir un máximo de 3241 años.

Sin embargo, Ashim no buscó a un culpable ni tampoco escogió un sucesor para el trono de la tierra. Decidió tomar todo el poder para su raza y esclavizar a los que eran diferentes. Un poco sospechoso ¿no?

Así pasaron varios miles de años en una guerra que parecía interminable, donde los pocos dragones del suelo que conservaban su li-

bertad debían esconderse en sitios remotos mientras intentaban organizarse para salvar a su raza de la opresión de los enemigos.

Aquel grupo de valientes soldados estaba liderado por el joven Nguban, hermano del rey asesinado y, posteriormente, por su hijo Mlibalen, quien seguiría siempre los ideales de su padre.

En las cuevas, el ejército de Mlibalen perfeccionó su magia, aprendiendo y desarrollando hechizos y encantamientos muy poderosos pero también altamente riesgosos, por los cuales varios miembros del grupo estuvieron a punto de perder la vida.

Finalmente, luego de varios siglos, estuvieron listos para derrotar a los dragones del aire, gobernados ahora por el poderoso Mwannal, sobrino del anterior rey, quien disfrutaba de presenciar las ejecuciones públicas de esclavos del suelo que se revelaban.

Fue un ataque lento y progresivo, al comienzo imperceptible, que poco a poco disminuía la temperatura de la tierra para que dejara de ser tropical y se convirtiera en un invierno eterno donde el vuelo se veía dificultado por los vientos fríos y constantes.

No se sabe demasiado de aquel hechizo, únicamente ha llegado a nuestros días la idea general.

La leyenda dice que los miembros de la resistencia se dispersaron por el mundo y, durante varios meses, entregaron toda su magia simultáneamente al planeta, mientras repetían incesantemente el hechizo de hielo en un leve murmullo.

Llegada la noche final, los dragones de tierra brindaron no solo su poder sino también su propia alma. Agotaron completamente su magia hasta que su existencia se extinguió totalmente junto con la de sus enemigos, que murieron congelados en poco tiempo.

Se dice que cuando un dragón muere haciendo magia, aquel último hechizo toma la voluntad en el corazón del hechicero, intensificando, por unos segundos, el poder del conjuro casi al mil por ciento antes de desaparecer.

Lo que nadie sabía era que había un tercer bando en aquella guerra, un grupo que hoy llamaríamos pacifista, formado por miembros de ambas razas e híbridos que vivían en paz en zonas aisladas, es decir, en sitios polares que no sufrieron gran variación climática.

Cuando los sobrevivientes se enteraron de lo sucedido, se recluyeron por siglos, intentando decidir qué harían a partir de ese momento. Lentamente, la tierra volvió a su temperatura original y nuevas especies comenzaron a poblar los variados ecosistemas, brindando a los dragones una nueva oportunidad de integrarse al mundo.

Los supervivientes utilizaron la magia para modificar su aspecto y así asemejarse a las especies que consideraban más aptas y fuertes. Fueron felinos y reptiles, aves y peces hasta que tiempo después apareció el ser humano, poseedor de un potencial incomparable con respecto de los otros seres vivos.

No hubo más dudas, ellos debían lucir como esta nueva especie con capacidad de razonamiento y evolución. Nunca se había visto en nuestro planeta algo así, era un animal tan diferente a los dragones que ellos no podían imitar el aspecto por completo, manteniendo aún sus colas y piernas con escamas.

Había ciertas similitudes entre el grupo humano y los supervivientes. Si bien los primeros no poseían magia, eran capaces de adquirir nuevas capacidades, razonar e investigar.

En pocos miles de años ambas especies se fusionarían.

Al comienzo, los dragones se mostraban reacios frente a la idea de mezclarse con los humanos, pero conforme los mismos fueron evolucionando, los dragones más jóvenes cultivaron una mentalidad distinta, guiada no solo por la inteligencia sino también por sus sentimientos, y fue entonces que hombres y bestias se convirtieron en una sola especie.

Entre los primeros hijos de dragones y humanos se encontraba Adem, el tátara tátara abuelo de mi bisabuela paterna, Ofelia. Con él comenzó el árbol familiar que he estado rastreando desde que era una niña.

COHERENCIA

—Desde que te vi en aquella charla previa al comienzo de la carrera, supe que eras una persona extraña; pero nunca noté que estabas totalmente loca —afirmó Tamara, aún observando las copias.

La morocha nunca olvidaría el día en que vio a Diana por primera vez. Ya habían pasado casi cuatro años desde aquella tarde cuando la universidad había convocado a quienes estuviesen interesados en estudiar allí para contarles sobre las diversas carreras que ofrecían.

Ese día, como muchas otras veces, Tamara había llegado tarde, viéndose obligada a sentarse en el fondo, desde donde pudo ver una extraña cabellera corta mitad rubia y mitad rosada ubicada en primera fila, prestando especial atención a las carreras de la facultad de artes.

Finalizada aquella reunión, la extraña joven se puso de pié y salió de la habitación velozmente como si estuviese realmente apurada. Fue entonces que Tamara notó que no solo el cabello era extraño, sino también su ropa negra cubierta de calaveras y cadenas. Le agradó aquel estilo que siempre había querido llevar y nunca se había animado a lucir.

Dos semanas después, al iniciar las clases, se conocieron durante la primera materia que cursaron juntas y rápidamente se hicieron amigas.

Desde entonces, siempre que Tamara quería hacer referencia a qué tan rara era la rubia, mencionaba lo ocurrido y su primera impresión de Diana.

—Por un minuto creí que estabas haciendo un libro de historia, no una novela infantil —comentó la morocha, claramente desconcertada.

Diana la miraba sin decir nada y tardó en comprender lo que ocurría. Su mejor amiga creía que ella estaba mintiendo y que el texto era solo un relato fantástico.

¿Cómo no se le había ocurrido antes? Seguramente su historia era diferente a lo que se enseñaba a los humanos en la escuela, pero era real y confiaba en la comprensión de su compañera.

—Es una historia de verdad, lo estuve investigando por años, utilizando los diarios de mis antepasados y algunos documentos antiguos. A parte, esa historia es una tradición que se enseña a todos los descendientes desde que somos pequeños. Mirá, si querés pruebas te las voy a dar.

Tamara la observó, inexpresiva, esperando una explicación mientras se ataba el pelo.

—¿Nunca te preguntaste por qué mis ojos son diferentes? ¿No te parece raro que el derecho sea azul violáceo y el izquierdo marrón rojizo?

—Ah, ahora lo entiendo —respondió con un tono levemente sarcástico que, en aquel momento, Diana no logró percibir—. Bueno, si vamos a ser así de sinceras, mi abuela es una *banshee* y mi abuelo un *hombre lobo;* y es por eso que tengo que depilarme todas las semanas, tengo más pelo que un humano común —bromeó la morocha.

—¿En serio? ¡Eso suena genial! Vos también tendrías que escribir un libro al respecto.

Tamara miró a su amiga por varios segundos, preguntándose si hablaba en serio o solo le seguía la corriente. Cuando comprendió la expresión en el rostro de Diana, sonrió.

—A veces no puedo entender como podés ser tan crédula, parecés del siglo XIII. Mucha gente tiene ojos como los tuyos, es una deformación genética que se llama heterocromía.

Ella era muy lógica, no había lugar en su mente para explicaciones que escaparan a la razón.

—Puedo darte más pruebas que esa. Mirá. —Diana se puso de pie y levantó la parte trasera de su remera casi hasta el cuello—.

¿No ves el tatuaje? Yo nací con estas alas que eran casi invisibles y poco a poco fueron tomando color hasta que estuvieron lo suficientemente maduras como para volar.

Tamara tuvo una reacción inesperada. Se puso de pie y acomodó la ropa de su amiga rápidamente.

—¡Dejá de desnudarte en público! —ordenó un poco sonrojada—. A veces me das vergüenza ajena.

Diana no pudo evitar reír.

—Sos una tarada —le dijo en tono amistoso—, no hay nadie acá, salvo por la dueña de la cafetería. —Miró el reloj—. Y no hay nadie porque las clases ya empezaron hace como media hora y vamos a llegar tarde, de nuevo.

Recogieron sus cosas y corrieron escaleras arriba. Cada vez que se juntaban antes de clases se retrasaban, cosa que a Diana le molestaba. Siempre tuvo cierta obsesión con la puntualidad, algo que al parecer era exótico en ese país.

Cuando abrieron la pesada puerta del aula, todos se voltearon a verlas con desaprobación. Tomaron asiento lo más silenciosamente posible en la parte trasera de la habitación.

Para variar, el largo proceso de abrir las mochilas y encontrar lo que necesitaban tardó varios minutos de sonidos a papeles, bolsas y cierres resonando como truenos en el silencio de la clase.

Una vez listas, se miraron desconcertadas. El pizarrón estaba lleno de palabras que no podían relacionar. Para empeorar la situación, tenían un profesor canadiense cuyo acento dificultaba prestar atención.

Las chicas se encogieron de hombros y comenzaron con las tareas habituales: dibujar, escribir y soñar despiertas, como en cualquier otra aburrida clase de filosofía.

De vez en cuando, alzaban la vista simplemente para confirmar que no eran las únicas distraídas. Se trataba de una materia con solo ocho alumnos de los cuales a seis no les importaba el tema ya que no tenía nada que ver la carrera que estudiaban, pero que se veían obligados a cursar. Afortunadamente, parecía que el profesor no notaba la falta de atención y seguía hablándole a las paredes.

Una o dos veces, alguna de las chicas lograba captar parte de la explicación, lo que servía para realizar algún comentario útil al respecto, disimulando la falta de interés.

No hay que malinterpretar dicha conducta, ambas amaban a su profesor. Él era como un abuelo súper interesante, simpático, con una mansión y que siempre hablaba de las maravillosas cosas que tenía en su casa.

No, no eran interesadas, simplemente les fascinaba oír sus historias sobre países que había visitado y los objetos extraños que compraba en ellos.

Diana también solía acaparar ese tipo de cosas, pero cuando uno se muda muchas veces suele dejar pertenencias atrás. Lo único que ella jamás resignaría serían los libros de su abuelo, donde podía olvidarse de todo y ser alguien más, en otra época, en otro lugar. También atesoraba unos pocos recuerdos de su juventud de los que no podía desprenderse pero que mantenía escondidos en una caja debajo de su cama.

—La clase termina porque es hora —dijo el profesor con su extraño español. En general les dejaba salir temprano.

Diana guardó sus pertenencias en la mochila y se puso de pie para marcharse con Tamara, a quien le tomaba casi diez minutos alistarse. De hecho, si la morocha fuera una súper heroína, su poder sería el de la lentitud sobrehumana; para cuando terminaba de alistarse, el siguiente curso ya estaba esperando fuera del aula para ingresar.

Tenían pensado ir a almorzar panqueques antes de regresar a sus casas. A pocas cuadras de la universidad habían abierto un nuevo restaurante que preparaba los más exóticos panqueques que jamás hubiesen visto, mezclando ingredientes de todo tipo y permitiendo a los clientes armar sus propias creaciones. Y como Tamara amaba probar cosas nuevas, cada vez que podía, almorzaba allí y armaba panqueques ridículos.

En el camino hablaron sobre la clase. Tamara describía un personaje que acababa de diseñar mientras Diana le contaba sobre el segundo capítulo de su libro, una sección mucho más interesante que la anterior, sobre la vida de sus abuelos; y luego de eso solo faltarían un par de páginas dedicadas a sus padres antes de comenzar con su propia existencia.

Capítulo II

Muchos datos se han perdido en guerras e invasiones a lo largo de la historia y es por ello que no hay fuentes sobre miembros de mi familia hasta fines del Imperio Romano. De mis ancestros previos apenas se conservan algunos nombres que no vale la pena listar. Cabe mencionar que solo poseo información de quienes hayan nacido con habilidades de Dragón, al igual que yo.

Me gustaría comenzar hablando de mi familia materna.

Corría el año 439A.C. cuando nació mi bisabuelo Gaius Modius Nerva, durante el gobierno de Pericles. Por las descripciones que he leído, y gracias a una imagen grabada en piedra que tienen en el Museo Británico, sé que se trataba de un hombre no demasiado atractivo; de baja estatura, cabello largo y ondulado con barba corta.

Mi abuela me contó que este hombre era realmente valiente, que amaba su nación y habría dado su vida por defenderla. Como pueden imaginarse, era un buen soldado, si bien jamás llegó a ser capitán a pesar de haber participado en innumerables batallas.

Gaius tenía ascendencia de tierra, es decir, no podía volar; pero ello no era un impedimento ni perjudicaba sus habilidades. Aparentemente utilizaba la magia con gran maestría y era también muy hábil con la espada. En épocas de paz actuaba como un médico, curando a los enfermos con pociones y encantamientos; algunas personas, incluso, lo creían un oráculo. Cuando se aburría de estar en Roma, o si temía que descubrieran su secreto, se dedicaba a viajar por el imperio que iba creciendo a pasos agigantados.

Mi bisabuelo presenció muchos momentos importantes de la historia, tales como la crucifixión de Jesús de Nazaret. Gaius nunca se convirtió en un creyente, los dragones no tenemos un Dios.

En el año 1143 algún ciudadano se dio cuenta de la aparentemente eterna juventud de aquel hombre, denunciándolo por brujo y por demonio. Se vio obligado a autoexiliarse en Bretaña, cambiando su nombre por Desmond Williams.

El pueblo anglosajón ha creído siempre en la brujería y no se sorprendieron ante las extrañas costumbres del recién llegado. No he conseguido datos sobre su paradero u ocupación hasta el año 1327, cuando contrajo matrimonio con una humana llamada Elizabeth Gown, madre de su primera hija, cuyo nombre no he podido hallar en ningún registro.

Al estallar la Guerra de los Cien Años, Desmond se enroló en el ejército británico, para defender aquel territorio que era ahora su nuevo hogar.

Allí sufrió una gran pérdida. Jamás volvió a ver a su familia que murió en los primeros años de la guerra, víctimas de una epidemia.

Pero su tristeza no duró mucho. Poco tiempo después, Desmond conoció a una mujer alada llamada Scarlett Bright, quien robó su corazón casi instantáneamente y se convirtió en su segunda esposa y mi bisabuela.

Ellos tuvieron solo una hija, mi abuela Mary, quien quedó huérfana a los cuarenta años (que en vida de Dragón no es nada) cuando su padre murió a finales de la contienda y su madre, unos años más tarde, víctima de un incendio.

Mi abuela no pudo tener un gran rol en la sociedad debido al machismo de la época. Pasaba sus tardes pintando acuarelas y tocando el piano. Ella es con quien viví la mayor parte de mi adolescencia. Hace un tiempo mi abuela se mudó a Europa y aún nos comunicamos por correo.

Por lo que sé, no tuvo parejas ni esposos hasta que conoció a mi abuelo humano, Dante, en Castilla (España) aproximadamente a fines de 1677. Ellos tuvieron una vida normal; fueron a vivir a México, en esa época Virreinato de Nueva España. Allí nació mi madre Luisa, también 100% humana.

Mi abuelo murió antes del 1700 y mi abuela, quien todavía vive y goza de muy buena salud, me escribe todos los meses desde su casa en el sur de Grecia, invitándome a visitarla y excusándose por no querer volver al continente donde vio morir a los dos seres que más amaba: mi abuelo y mi madre.

Esa es la historia de mi familia materna. No voy a decir mucho de mi madre aún, ya que planeo escribir al respecto en otro capítulo.

En cuanto al lado paterno, su historia registrada comienza en otro gran imperio, el macedónico, aproximadamente en el año 340A.C. durante el reinado de Filipo II. No conseguí hallar el nombre original de mi bisabuelo, pero existe una imagen tallada en piedra donde se muestra una batalla liderada por el rey Filipo en la cual se observa a un soldado sobre su montura, enfrentando al enemigo. Esa figura representa a mi bisabuelo, quien luego cambiaría su nombre por Amun al dividirse el imperio de Alejandro y residir en la sección egipcia bajo el gobierno de Ptolomeo I. Al comparar la imagen de macedonia con algunas escenas egipcias del Metropolitan Museum me sorprendí viendo el mismo rostro.

Amun era un hombre fuerte, de gran altura y amplia espalda; algo así como un jugador de rugby. Su tez era más bien oscura y sus ojos parecían ser bastante grandes. Lamentablemente a mi familia paterna nunca le ha interesado la genealogía, así que por el momento no poseo mayor información al respecto, salvo por el hecho de que pertenecía a una familia de aire y que, en algún momento, tuvo hijos —entre ellos, mi abuelo.

Mi abuelo Dominik vivió en Lituania la mayor parte de su vida, donde conoció a Julia, su esposa humana con quien tuvo cuatro hijos: Demetrio, Iván, Thomas y mi padre, Joseph; un aventurero que viajaba por toda Europa. Su mayor travesía la realizó al enterarse que necesitaban marineros para ir al llamado "Nuevo mundo" español, donde contrajo matrimonio y del cual jamás regresó.

Dominik tiene pésima memoria y no recuerda fechas exactas, ni siquiera mi cumpleaños. Suele ver viejos retratos de sus hijos y confundir los nombres diciendo que se ven todos muy parecidos, al punto tal que no soy capaz de diferenciar que imagen representa a mi padre, cuyo rostro escapa a mi memoria porque falleció cuando yo aún era una niña, hace ya casi trescientos años.

Extraña

Damián había tenido otra pelea con su padre adoptivo, quien aparentemente no podía comprenderlo en lo absoluto. Cinco pesos era todo lo que le había pedido para poder sacar unas fotocopias y ¿qué había sucedido? Otro maldito sermón, a los gritos, sobre el valor del dinero. El hombre consideraba que su hijastro debía buscar un trabajo.

No es que el chico no quisiera laburar, no tenía tiempo. Estudiaba dos carreras: Abogacía y Veterinaria, becado en ambas universidades gracias a sus excelentes calificaciones. Sus estudios finalizaban el año entrante. Actualmente, tomaba clases de lunes a jueves a la mañana y a la noche, sumado a las doscientas horas de práctica profesional que debía cumplir para cada una de las universidades, durante la tarde. Los fines de semana se dedicaba a la música y ensayaba con sus amigos en un galpón del barrio de Flores. En el poco tiempo libre que le quedaba solía estudiar casi sin dormir para los exámenes.

Pero no, su padre jamás comprendía nada, no le importaba lo que le sucediera ¿Para qué carajo era su hijo, entonces?

Su madre era un poco más comprensiva. Lo quería mucho y a veces le prestaba dinero a escondidas, pero siempre defendía al ogro que tenía por segundo marido. Una familia difícil.

Volviendo al tema, Damián caminaba sin rumbo durante varias horas, y en ocasiones la noche entera, intentando calmarse y no perder la razón.

Eran ya las tres o cuatro de la madrugada cuando vio a una chica caminando por la calle Soler, en el barrio de Palermo. Obviamente le pareció extraño ver a una mujer que no aparentaba tener más de veinticinco años caminando tan tarde un día de semana.

La joven llevaba una campera de alguna banda de música que él no conocía. Iba vestida completamente de negro y cubría su cabello con un gorro de lana. Por la forma en que miraba el paisaje, parecía estar perdida.

Temiendo asustarla, Damián se acercó cuidadosamente para ofrecerle su ayuda. Colocó las manos en sus bolsillos y planeó en su mente un dialogo que no asustara a la extraña. Sabía que la mayoría de las mujeres se atemorizaban cuando un hombre se aproximaba a ellas en la calle. Era comprensible. En los últimos años Buenos Aires se había convertido en una ciudad peligrosa.

—Disculpá ¿Puedo ayudarte? ¿Estás perdida? Es peligroso caminar sola tan tarde ¿no te da miedo? —dijo, sonriendo amablemente cuando ya se había acercado lo suficiente.

La chica lo observó detenidamente, clavando sus ojos en los de Damián, quien se sintió atravesado por esa mirada. Luego, la muchacha pronunció de forma lúgubre:

—Me asustaba... cuando estaba viva... —Y se quedó allí unos segundos, inmóvil, observando como aquel hombre empalidecía rápidamente.

Entonces, ella comenzó a reír a carcajadas.

—Es broma, tarado. Vivo acá cerca, solo fui a comprar algo para comer a la estación de servicio. Gracias por preguntar, chau —sonrió, palmeando uno de los hombros de Damián antes de marcharse riendo a carcajadas por la reacción de aquel chico.

Damián no sabía si reír o qué. Se sentó en el borde de la vereda para recuperar el aliento; tenía la sensación de haber visto a esa persona antes... quizá en el colectivo o en el subte... o en la calle... o en las universidades a las que asistía. No estaba seguro, y como llevaba puesto un gorro, le era difícil de reconocer. Más allá de eso, el susto causó que olvidara los detalles en su rostro, no podía recordar donde había visto a esa mujer antes.

Definitivamente aquel encuentro había logrado disipar el mal humor de la mente del muchacho. Cuando siguió caminando, cada ráfaga de viento parecía ser más fría y en cada esquina sentía ojos posándose sobre sus hombros. Era hora de regresar a su hogar antes que la paranoia lo consumiera.

Ensayo

El muchacho regresó a su hogar antes del amanecer. En unas horas tenía que encontrarse con sus amigos para ensayar. Durmió un rato, se duchó y abandonó la casa para comenzar con el arduo día de práctica.

El ponerse de mal humor fácilmente había sido siempre una de las características típicas del temperamento de Damián. Nunca fallaba.

Faltaban unas horas para su primer concierto frente a un público numeroso y la presión era muy fuerte. Su banda, *Jaque Mate*, había sido invitada como telonera de *Dead Jokers*, un grupo norteamericano de rock bastante famoso. Pero eso no era todo, junto a ellos iban a tocar también algunas otras bandas argentinas que ya tenían cierta popularidad. Ellos eran los únicos desconocidos.

—De acuerdo, una vez más —ordenó el joven a sus agotados compañeros que llevaban ya más de cinco horas ensayando sin descanso—, vamos con *Suicidio Forzoso* que es el tema con el que abrimos.

Damián tomó su bajo y comenzó a tocar, le transpiraban las manos de solo pensar en lo que estaba por ocurrir. Si todo salía bien, estarían dando un importante paso, ya que se les abrirían nuevas puertas para futuros conciertos internacionales a los que serían invitados. Era su gran oportunidad.

—Esperá —dijo Dany, el cantante—, si sigo ensayando voy a estar afónico en el recital. Todo suena perfecto, los músicos entran bien y los instrumentos están afinados. ¿Qué más querés? Bajá un cambio y vámonos a descansar.

Los demás asintieron en silencio y comenzaron a apagar los equipos.

Damián los miraba con incredulidad.

—De acuerdo, hagan lo que quieran, pero si algo sale mal va a ser culpa suya. —Estaba realmente enfadado.

Lentamente y sin decir nada, sus amigos subieron el equipo a la camioneta de Dany. Damián controlaba la lista con todo lo necesario.

—Falta nuestra bandera ¿Dónde carajo la pusieron? —preguntó, al borde de perder la paciencia—. Vamos a ser los únicos pelotudos sin bandera y nadie va a saber el nombre de la banda.

De mala gana, comenzaron a buscar el rectángulo de tela cuadriculado que imitaba un tablero de ajedrez con el nombre del grupo en rojo.

—¡Acá está! —gritó Mosca, el baterista—, pero no puedo sacarla. Quedó abajo de un amplificador.

Damián se dirigía hacia el fondo del galpón para ayudarlo, cuando vio como el musculoso pelado tiraba con fuerza del lienzo que se partía en dos casi instantáneamente. Los gritos del bajista aturdieron a los vecinos

—¡Sos un inútil! Ojala pudieras ponerte esos músculos en el cerebro. ¡Váyanse de acá, TODOS! Yo voy a buscar una forma de arreglar esto. Ustedes solo me estorban. Nos vemos mañana, chau. —Cerró la puerta con fuerza y se encerró allí, cosiendo la bandera con gran precisión. Algo que muchos hombres no eran capaces de hacer y que a él le avergonzaba realizar en público.

Emocionados

Finalmente había llegado el día del recital de *Dead Jokers*, una banda de Miami que Diana y sus amigos amaban.

Casi dos años atrás, Aldana había encontrado accidentalmente un video de este grupo musical en Internet. La canción se llamaba *Kill You, Kill Me* y se había convertido en el tema favorito de ella y de todos sus amigos.

El punto de reunión para ir al concierto era la esquina de Acoyte y Rivadavia en el barrio de Caballito. Desde allí se dirigirían al Teatro de Flores, donde se llevaría a cabo el recital.

El grupo había acordado encontrarse al mediodía. Juan Ignacio llegó temprano; Diana y Nicolás en el horario pactado. Media hora más tarde, Aldana y Sebastián salieron de la estación de subte. Estaban apurados porque querían conseguir un buen lugar en la fila, pero Tamara apareció casi dos horas más tarde porque se había perdido. Su orientación era pésima.

Finalmente el grupo estaba completo y listo para partir a pie.

Delante de todo iba Diana, siempre con paso veloz. Para esta ocasión había escogido un vestido corto, negro, y borcegos con plataforma que la hacían parecer mucho más alta de lo que realmente era.

Charlando con ella se encontraba Nicolás, uno de sus mejores amigos. El chico era morocho, de la misma estatura que Diana y con cabello corto medianamente ondulado. A él le gustaba mucho leer sobre historia mundial, biografías y cosas por el estilo.

Junto a ellos se encontraba Juan Ignacio, quien para variar estaba perdido en su mundo, jugando videojuegos en el celular. Juani era el más delgado de todos, con cabello negro que le llegaba hasta los hombros y se confundía con el resto de su atuendo que era siempre del mismo color. A primera vista daba un poco de miedo verlo con cadenas colgando del cinturón y muñequeras oscuras, aunque se trataba de una persona extremadamente amable y alegre.

Detrás de ellos iba Tamara, con su largo pelo recogido para evitar el calor. Ella era más práctica que Diana en cuanto a comodidad, ya que llevaba puesto un jean viejo, zapatillas y una remera negra con la tapa del último CD de la banda.

A su lado y hablando en tono muy fuerte estaba Aldana, una chica de escasa estatura pero que siempre llevaba tacos tan altos que sus amigos los llamaban *zancos*. Se trataba de una joven con el pelo negro y ondulado, arreglada como para ir a un casamiento con su vestido negro brilloso y grandes accesorios rojos.

Era definitivamente un grupo disparejo, pero se llevaban muy bien a pesar de verse poco.

DEAD JOKERS

No habían conseguido ubicarse justo frente al escenario, aunque podían apreciar con mucha claridad lo que sucedía desde la tercera fila.

Sabían que sería una larga espera; el público había ingresado a las cuatro de la tarde, pero el recital empezaría, con suerte, a eso de las ocho.

—El programa que nos dieron en la puerta dice que primero van a tocar tres bandas de acá —comentó Nico, el más observador de todos—; los grupos son: *Malditos Goblins, Suicidas Profesionales y Jaque Mate.*

Aldana sonrió repentinamente.

—¡UH! Suicidas Profesionales es una banda genial, ya los vi como teloneros en otros recitales.

—Mierda, no debí haberme puesto borcegos. Mis pobres piececitos no van a aguantar tanto —lloriqueó Diana mientras descansaba su cabeza sobre el hombro de Juani.

—Te pasa por ser estúpida. Se supone que tenés que vestirte cómoda para venir a un lugar así —regañó Tamara.

Pero la conversación no pudo continuar. Las luces se apagaron repentinamente y comenzó a sonar la música de *Malditos Goblins* que dejó a todos aturdidos con sus fuertes gritos.

A esa banda la sucedió *Suicidas Profesionales*, un grupo más tranquilo, pero con letras realmente deprimentes que combinaban perfectamente con el nombre del grupo.

Diana empezaba a irritarse debido al aburrimiento y el cansancio por estar parada allí tanto tiempo. A ella no le interesaban estos músicos, solo quería escuchar a *Dead Jokers*.

Finalmente empezaría la última banda que el público esperaba fuese pésima ya que jamás habían oído hablar de ellos. Diana cerró los ojos, casi dormitando, cuando oyó una canción que llamó su atención.

Sí, soy feliz aquí y ahora.
Sí, dejaría todo esto por volver atrás,
por volver a encontrarte en el mismo lugar.

Sé que el tiempo pasó,
no te voy a encontrar nunca más
ni siquiera en ese mismo lugar
porque vos ya no estás más.

Y sí, soy feliz en esta ciudad una vez más,
tengo amigos con quienes disfrutar,
pero a vos no te voy a ver nunca más
porque en este mundo ya no estás.

Sí, soy feliz aquí y ahora.
Sí, dejaría todo esto por volver atrás,
por volver a encontrarte en el mismo lugar.

Nada es lo mismo,
nada es igual.
Mi mundo es distinto
desde que vos no estás.

Puedo reír,

puedo cantar,

puedo hacer muchas cosas,

pero no te puedo olvidar.

Aunque deseara verte

frente a mis ojos una vez más,

sé que es imposible,

no va a poder ser, nunca más.

Nunca más.

La voz de Dany era dulce y logró que a Diana se le escaparan un par de lágrimas que la obligaron a abrir sus ojos y observar el estilo de la banda.

Eran estéticamente poco profesionales. El cantante se veía como cualquier chico normal, con el cabello corto y oscuro, ropa negra y algunos tatuajes en los brazos. En el fondo, el baterista daba miedo ya que se trataba de un hombre pelado y musculoso de aspecto poco amigable. A la derecha, en el extremo opuesto del escenario, estaba el guitarrista al que casi no podía distinguir; tenía el cabello rubio y usaba anteojos, pero le era imposible ver mucho más que eso. Frente a ella se encontraba el bajista. Debido a la cercanía y altura del escenario, Diana comenzó a analizarlo desde el suelo. Primero que nada, llevaba puestas unas zapatillas negras gastadas, jeans y una camisa blanca. Era extremadamente delgado y desgarbado. Su rostro le resultaba familiar, le parecía haberlo visto antes en algún lugar, pero no estaba segura de dónde. Tenía ojos verdes y el cabello color paja un poco ondulado, parecía mal alisado.

El público disfrutó el show. La banda recibió una fuerte ovación por parte de los presentes, que se habían sorprendido con la calidad de aquel desconocido grupo.

Poco después, comenzó a tocar *Dead Jokers*. Fue una presentación excepcional con varios efectos en las pantallas laterales.

El mejor momento del show fue cuando tocaron *Kill You, Kill Me,* que aparentemente se trataba de la canción preferida de gran parte de la audiencia.

Una canción alcanzó
lo más profundo de su corazón.
Una melodía despertó recuerdos dormidos.

La música no es mágica,
pero tiene un efecto similar.

Capítulo III

En el siglo XVIII, México aún formaba parte del Virreinato de Nueva España, dependiendo directamente de los reyes de España. Es en este contexto que comienza la historia que voy a narrar a continuación.

Una mañana de 1715, a mi abuela, Mary le llegó un rumor sobre tres barcos provenientes de España habían arribado al puerto y que traían muy variada e interesante mercancía desde Europa para vender el domingo siguiente en la plaza mayor. Sin dudarlo, ordenó a mi madre, Luisa, que juntara todo el dinero que tenían ahorrado para ir a comprar seda y un espejo, en ese entonces artículos casi de lujo.

Desafortunadamente, cuando el tan esperado día llegó, Mary estaba enferma y no pudo asistir, por lo que envió a su hija.

La plaza estaba llena. Todo el pueblo se encontraba allí. Muchas mujeres cargaban con rollos de tela y otros objetos varios que acababan de comprar. Luisa, a escondidas de mi abuela, había reservado parte del dinero para comprarse un pañuelo de seda azul que deseaba desde hacía ya bastante tiempo.

En el lugar, los marineros no solo intentaban vender la mercancía sino también conquistar a las jóvenes que paseaban solas por allí, como Luisa. Ella se veía diferente y resaltaba entre las demás. Su cabello era rubio y largo recogido en un rodete, mientras que sus ojos, de color casi violeta, eran grandes y llamativos.

Tres hombres con olor a agua salada y pescado se acercaron a la joven mujer. Luisa era bastante tímida y se asustó cuando estos españoles intentaron conquistarla de forma poco caballerosa.

Fue entonces cuando un cuarto marinero, de cabello claro y ojos color marrón rojizo, se interpuso y, utilizando un acento muy extraño, dijo a sus compañeros que dejaran a la muchacha en paz y siguieran con sus tareas. Los hombres obedecieron de mala gana, como si temieran al recién llegado quien se disculpó con Luisa en nombre de toda la tripulación.

El señor de gran estatura se llamaba Joseph Bogdanov y era casi diez años mayor que mi madre. Él se ofreció a ayudarla con las compras, especialmente a cargar el pesado espejo hasta su hogar. Supongo que no hablaron mucho. El marinero sabía muy poco español.

Como gesto de agradecimiento, Mary y Luisa invitaron al marinero a almorzar con ellas el día siguiente. Personalmente, sospecho que mi abuela había notado la ascendencia de Joseph casi instantáneamente.

Los barcos permanecerían en el puerto por dos semanas. Tiempo suficiente para que Luisa y el marinero se enamoraran.

El último día en tierra, Joseph se acercó a la casa de las mujeres y pidió a Mary permiso para tener la mano de su hija, el cual obtuvo sin problemas.

Las naves partieron rumbo a Europa una vez más, llevando consigo una carta de Joseph a su padre donde explicaba la repentina decisión.

Joseph y Luisa contrajeron matrimonio poco tiempo después en una iglesia local. Tres años más tarde nació su única hija, Diana Bogdanov, es decir, yo.

LA ORGANIZACIÓN

Septiembre. Shanghái.

El anciano Kisho comenzó con sus habituales tareas. Primero debía realizar el control mensual a nivel mundial para actualizar la información referida a la cantidad de descendientes con vida, a qué familia pertenecían, su edad y si habían nacido más de su raza. Luego debía asignarse el dinero correspondiente a todos los menores de quinientos años y depositarlo en sus respectivas cuentas bancarias.

El censor tenía la costumbre de sentarse en el salón de conferencias por la madrugada para poder trabajar en paz. Mientras revisaba los archivos, solía morderse el labio inferior con preocupación, algo decepcionado por no encontrar a nadie perteneciente a las antiguas familias. Era un trabajo aburrido y monótono que lo hacía bostezar con excesiva frecuencia.

Sin embargo, ese día algo había cambiado. En la carpeta con fichas de Latinoamérica se había agregado un nuevo nombre, Damián Ima, nieto del afamado Gora Ima, quien se decía había participado en más guerras que ningún otro dragón.

Kisho continuó leyendo el informe con mucha atención. Al parecer, el chico no tenía idea de sus orígenes o poderes, así como tampoco poseía familiares con habilidades de tierra que aún siguieran con vida. Se trataba de un problema bastante grave que debía debatirse en la reunión del mediodía, ya que el personal disponible para contactar al joven era escaso.

Posiblemente, la decisión involucraría a otro descendiente de dragón, con más experiencia, que sería designado como tutor temporal del chico. Esta persona debía residir en el mismo continente y hablar el idioma de su alumno. Ya habían hecho esto en el pasado y funcionaba incluso mejor que el sistema protocolar clásico, enviar un agente desde China que explicase solo la teoría y con el que luego perdería contacto.

El anciano comenzó a buscar en la zona intentando hallar otro dragón de tierra con residencia en Argentina, pero sin tener éxito. La única descendiente en la zona era Diana Bogdanov, una híbrida que no tenía siguiera quinientos años.

Kisho tomó ambos expedientes y los puso frente al asiento del director de la organización. Sabía que los dragones mestizos no poseían las habilidades completas de ninguna especie, pero al menos ayudaría a desarrollar la base de hechicería que daría el empujón inicial en la evolución de las habilidades de su alumno.

Todas las semanas se realizaba una junta con los líderes de la OPS (Organización Para la Supervivencia). En esa fecha, los representantes de cada continente, junto con los clanes más importantes, debatían temas tales como la forma de enseñanza de poderes, nuevos descubrimientos, influencia de los clanes en la política mundial y casos especiales, como el de Damián. La decisión final residía en poder de Roland Feldman, actual jefe supremo de la OPS. Un hombre que aparentaba cuarenta años humanos, nacido en Alemania en el marco de la Orden Teutónica en la edad media. Su presencia era intimidante y sus decisiones muchas veces cuestionables.

De él dependería el destino de Ima, descendiente de una de las más importantes familias de tierra que se creía disuelta.

Instrucciones

El teléfono sonó por tercera vez consecutiva y Diana despertó alarmada sin comprender lo que sucedía. Le dolía mucho el cuello y el lado derecho del rostro.

—Soy una pelotuda —se dijo en voz alta cuando notó que la noche anterior se había quedado dormida sobre el teclado mientras escribía un nuevo capítulo para su libro. Sentía marcadas las teclas en el cachete.

Oyó el teléfono una vez más y comenzó a buscarlo por todo el departamento, hasta que lo encontró sobre la cama, debajo de una toalla húmeda que había dejado allí luego de ducharse la noche anterior. El número le resultaba desconocido y poseía muchos dígitos, como si fuese un llamado de larga distancia. Diana dudó por varios segundos antes de atender.

Del otro lado, una voz masculina comenzó a hablarle en inglés. Se trataba de uno de los representantes de la OPS, con sede en Shanghái.

El hombre se identificó como Thomas David, secretario de la junta de ancianos, y le comunicó una misión de carácter obligatorio.

Diana tenía que encontrar a un joven de veintidós años llamado Damián Ima que, aparentemente, residía en Buenos Aires y necesitaba un tutor para comprender su ascendencia y sus poderes de tierra, de los cuales la chica no sabía demasiado.

—Te estoy enviando su información por correo electrónico en este momento. No sabemos su ubicación exacta, pero confiamos en ti. Te llamaremos nuevamente en unos meses y esperamos obtener un informe positivo al respecto. —La comunicación terminó abruptamente.

La muchacha no sabía demasiado sobre la organización. Había oído hablar de ella un par de veces, pero solo había tenido contacto con sus miembros cuando era muy pequeña. Sabía que se trataba de algo importante, así que rápidamente revisó su correo electrónico para leer los datos que acaban de mandarle.

¿Cómo carajo consiguieron mi mail? Se preguntó al tiempo que descargaba el archivo. Se trataba de una ficha extremadamente básica.

Nombre: Damián Ima

Tipo: Tierra

Edad: 22 años

Residencia actual: Buenos Aires – Argentina

Estudios: universitarios, en curso

Batallas: —

Puestos políticos: —

Rango militar: —

Empleo actual: Desempleado

Estado Civil: Soltero

Hechizos patentados: —

Puesto en la OPS: —

Familia: Padre adoptivo humano, madre humana, hermanastra menor humana.

La información era realmente escasa y la fotografía que habían adjuntado tenía más de diez años. Sería difícil encontrarlo, especialmente si su padrastro tenía un apellido diferente.

La búsqueda

¿Dónde demonios iba a encontrar a ese chico? Primero que nada, había que descartar algunos tipos de búsqueda, como por ejemplo las páginas amarillas, ya que aquel dragón era aún demasiado joven para tener su propia línea telefónica registrada. Diana estaba preocupada, sabía que debía localizarlo.

¡Que idiota soy! Pensó en voz alta y encendió nuevamente la computadora. Si hay un lugar donde se puede encontrar a cualquier persona joven, es Internet.

No le tomó demasiado tiempo hallar algunas referencias. La búsqueda mostraba algunos sitios en los que aparecía el nombre, aunque claramente, no todas ellas hacían referencia a la misma persona.

Diana leyó pacientemente cada una de las webs que allí se mostraban, decepcionada al notar que en su mayoría no guardaban relación alguna con el dragón. El único link que parecía estar relacionado con el chico era un blog donde subía letras de canciones deprimentes. En definitiva, un completo antisocial.

Casi al final de la lista, un sitio llamó el interés de la chica. *Jaque Mate, web oficial*. El grupo de rock que había visto poco tiempo antes. Ingresó.

La página presentaba un diseño simple, fondo negro y el logotipo de la banda. Debajo se encontraban los enlaces a las diversas secciones: Inicio, novedades, videos en vivo, videos de estudio, discografía, miembros. Diana clickeó aquella última opción.

Lo que encontró le resultó sumamente interesante. En su pantalla se observaba ahora un listado de nombres que conducía al perfil de cada uno de los integrantes del grupo.

Cantante: Daniel Torres "El Dany"

Baterista: Gerardo Schimer "Mosca"

Guitarristas: Nicolás Faria "Faru"

Bajista: Damián Ima "El aburrido que no quiere tener apodo"

Diana rió por lo bajo al leer aquello e intentó recordar la cara del chico que había estado parado justo frente a ella durante el concierto de *Dead Jokers,* pero su memoria era horrible. Luego, entró en el perfil de Damián para poder observar la fotografía actualizada. Sí, el rostro le resultaba familiar.

A continuación, la chica ingresó en la sección de novedades, donde descubrió que la banda tendría una pequeña presentación en un teatro de Castelar el siguiente fin de semana. Diana lo decidió inmediatamente, iría a buscarlo allí.

Estudios

Faltaba una hora más de aquella tortura y luego Damián podría irse a casa para dormir un poco. La clase era extremadamente aburrida ya que el profesor solía explicar cada tema cinco o seis veces, cosa que al chico le molestaba muchísimo ya que en general podía comprender todo en la primera lección.

Los minutos parecían eternos y al bajista se le cerraban los ojos. Eran casi las diez de la noche. Faltaba un cuarto de hora para que fuera libre así que, ya cansado de estar allí, guardó sus cosas y se puso de pie.

—Disculpe profesor, no me siento bien, voy a retirarme —anunció a modo de disculpa, mientras salía por la puerta. Ahora solo debía tomar dos colectivos para regresar a su hogar.

Durante el viaje, se colocó sus auriculares y comenzó a escuchar los temas de su propia banda mientras leía las correspondientes partituras, repasándolas en la mente. Al día siguiente darían un pequeño concierto en Castelar, junto con otras tres bandas.

Panda Ku, un grupo de freaks que se pintaban la cara como payasos, al estilo de *Kiss*. *El vestido de mi abuela*, unos pseudo-rockeros en apariencia, pero que tocaban música con estilo caribeño y, la banda estrella de la noche, *Malditos Goblins*, que llevaba bastantes fans y quienes habían invitado a *Jaque Mate* luego de su presentación anterior.

Damián y sus amigos estaban realmente orgullosos de haber agradado tanto, no solo al público, sino también a las otras bandas y personajes medianamente importantes que presenciaron el recital de *Dead Jokers*. Hacía ya unos pocos días, una pequeña discográfica les había ofrecido grabar un single y presentarlo en radios regionales. Nada impresionante, no iban a ser famosos, pero al menos era un paso adelante. Una gran mejora para la reputación del grupo.

El bajista estaba algo preocupado. No había asistido a los últimos ensayos debido a sus estudios y temía fallar en la presentación, donde podrían conseguir algún otro beneficio. Existía también otro problema que lo mantenía nervioso, Damián no confiaba demasiado en la capacidad mental de sus amigos que habían estado ensayando un nuevo tema que él había compuesto. No dudaba de la buena intención de los chicos, pero estaba seguro que habían hecho algún cambio o algo que arruinaría el espíritu y la intención de la canción. Por el momento, el audio que le habían enviado sonaba bastante bien, aunque como ya les había dicho, tenían que hacer el estribillo un poco más lento y el solo de batería menos agresivo.

Si pudiera ser cualquier otra cosa, Damián querría ser un pulpo, para poder tener ocho brazos con los que podría hacer los proyectos de ambas universidades mientras toca el bajo y juega con su perro, un collie de pelo largo llamado Midas.

Pero era un humano, un simple y aburrido ser humano. Un bueno para nada cuya única habilidad era escribir canciones que pocos escucharían.

Damián siempre se frustraba al pensar que a la larga todo su esfuerzo no serviría para nada. Estudiaba abogacía por orden de su padrastro, pero no pensaba realmente ejercer la profesión. También estaba por graduarse en veterinaria, algo que amaba, pero que sabía no le daría jamás mucho dinero. En cuanto a la banda, le fascinaba escribir canciones y presentarse en conciertos, pero no creía poder ser famoso. Era un pesimista sin remedio.

Entonces ¿Para qué hacía todo aquello? Había días en los que simplemente odiaba sentir que estaba desperdiciando su vida, y que en los pocos años que viven las personas, no podría llegar siquiera a conocer el mundo, algo que siempre había deseado.

Debería robar un banco y usar el dinero para viajar por el mundo, pensó con sarcasmo al tiempo que se ponía de pie para descender del colectivo.

Comienza la misión

—¡Ay! —Diana se despertó sintiendo un agudo dolor en el brazo— ¿Qué sucede? —preguntó, consciente de que nadie iba a contestarle. Se sentó y observó la herida.

—Miau —maulló Ramsés, su gato, mirándola desafiante, como si le estuviera reprochando algo—, miau.

El pequeño siamés se paseó por toda la cama, deslizándose alrededor de las piernas de la chica, una y otra vez.

—¿Tenés hambre? —Preguntó Diana mientras acariciaba la cabeza del felino. Acto seguido, se levantó y fue a la cocina para darle un poco de atún a su mascota.

Ya eran casi las dos de la tarde. Diana se había dormido casi a la madrugada, luego de terminar un viejo libro que había comprado pocos días antes. Al texto le faltaba la cubierta y algunas páginas así que no sabía el título, pero ella lo había llamado "*El cuento del general*", ya que contaba la historia de un militar durante la guerra de secesión estadounidense.

Había llegado el momento decisivo. ¿Qué ponerse para ir al recital? No quería ser demasiado llamativa, al menos no más que de costumbre. Pero al mismo tiempo, quería poder resaltar lo suficiente como para que Damián la viera.

Diana revolvió todo su placard, probándose varias veces cada prenda, mas nada le gustaba.

Finalmente, la chica optó por la comodidad. No quería que sucediera como en el concierto anterior que se sintió muy incómoda por estar tanto tiempo de pie en un lugar cerrado.

Se colocó una musculosa negra, un short de jean y, debajo, calzas rayadas en horizontal de color rojo y negro.

A Diana le encantaba usar accesorios y, en esta ocasión, escogió una muñequera de estampado cuadrillé roja y negra, una cadenita plateada cuyo dije tenia forma de murciélago y una vincha negra con un gran moño a uno de los lados.

Se miró al espejo orgullosa. *Perfecto*, pensó mientras colocaba el celular y la billetera en un pequeño morral de cuero.

Ya eran las seis cuando finalmente estuvo lista para irse.

—¡No puedo olvidarme del cartel! —comentó mientras enroscaba una cartulina que había preparado.

Era hora de cumplir con su misión. Si todo salía bien, le contaría al chico cómo era esto de ser dragón (había escrito una lista de cosas que tenía que explicar en un papel) y Damián lo comprendería rápidamente, llamaría a la organización para conseguir más datos, fin del asunto, misión cumplida, cada uno de vuelta a su vida.

Pero las cosas nunca salen como uno las planea.

Primer Encuentro

Panda Ku había terminado ya con su ruido y era hora de que *Jaque Mate* saliera a escena. El público no aplaudió demasiado, muchos jamás habían oído hablar de la banda, pero Diana obviamente estuvo entre quienes gritaron, animándolos a salir.

En el fondo del escenario, Mosca lucía tan aterrador como en la presentación anterior: grandote, calvo y con los brazos tatuados. El guitarrista llamaba mucho la atención, no por su atuendo, sino por la cantidad de piercings, tatuajes y delineador que dejaba ver y ella no había notado en el pasado. Dany tenía el cabello algo más largo de lo que ella recordaba y se había colocado un pantalón negro con una camisa haciendo juego. Damián se había parado del lado derecho del escenario, como en el show previo. El chico vestía jeans gastados, una remera de alguna otra banda y, por encima, una camisa roja y negra sin abotonar. Al menos combinaban un poco más que en el recital anterior; se veían un poco más profesionales —pero no mucho—.

Diana quería que el bajista la viera. Se ubicó estratégicamente frente a él, en el fondo del pequeño lugar.

Al finalizar la primera canción, Faru le tocó el hombro a Damián para que alzara la vista antes de comenzar el siguiente tema. Frente a él había una chica de pelo rosado con una cartulina roja llena de estrellas que decía *"Damián, quiero hablar con vos a la salida, es importante"*. El chico estaba algo confundido y decidió no pensar en esa extraña muchacha mientras seguían en el escenario.

La banda tocó en total cinco canciones, la última fue aquella que había llamado la atención de Diana el concierto anterior, *Nunca Más*.

Antes de abandonar el escenario, se despidieron del público entre aplausos y ovaciones. Damián levantó la vista una vez más.

Diana seguía allí, con el cartel en alto y los ojos llenos de lágrimas, o al menos eso creyó haber visto el bajista.

—¿Esa chica es tu novia secreta de la que nunca nos hablaste?— preguntó Faru guiñándole un ojo al bajista—. Y yo que ya temía fueras gay —bromeó.

—Jamás la había visto —admitió el bajista, algo ruborizado—. Debe haberse confundido de Damián, no sé —contestó fríamente al tiempo que guardaba su instrumento—. Y no, sabés perfectamente que no soy gay, simplemente no me interesa tener novia. Estoy muy ocupado como para preocuparme por eso. —Se puso sus anteojos. La vista comenzaba a molestarle por la falta de sueño.

—Bueno... —comenzó a decir Dany—, parecía una chica bastante linda. Quizás no es la más hermosa del mundo, pero quién sabe, podría ser tu primera fan. Deberías darle una oportunidad. Si es muy molesta, simplemente le pedís el teléfono y nunca más la llamás. Listo.

El cantante poseía mucha más experiencia con chicas que el resto; cambiaba de novia cada dos o tres meses y se jactaba de saberlo todo sobre el amor y los noviazgos.

Muy por el contrario, Damián no quería saber nada al respecto. Planeaba huir sin hablar con ella, pero sus amigos le estaban insistiendo demasiado, casi obligándolo a ir.

—Está bien, está bien. Le voy a preguntar qué carajo quiere y vuelvo. Espérenme —dijo de mal humor. Salió por el costado del vestuario, mezclándose con el público que aún disfrutaba de la última presentación.

No tardó demasiado en encontrar a Diana. Era difícil perder de vista a una persona con cabello rosado. La chica lo miró pero le costó reconocerlo con los lentes puestos.

—¡Hola! —dijo ella, extendiéndole su mano. Esbozó una leve sonrisa. Quería parecer seria para que la explicación resultara creíble—. Yo sé que no me conocés y esto debe sonar rarísimo, pero recibí un llamado desde China. Me pidieron que te buscara para explicarte cómo usar tus habilidades y... —hablaba a tal velocidad que era difícil entenderla.

Damián la interrumpió.

—No sé de qué me estás hablando, pero hola, mucho gusto. Soy Damián ¿Qué es tan urgente como para hacer un cartel al respecto?

Mientas la chica intentaba volver a explicar algo acerca de una organización y unos dragones, el bajista recordó su rostro y la interrumpió nuevamente.

—Esperá un segundo. Vos vas a la misma universidad que yo. Te vi en la fotocopiadora más de una vez.

El rostro de Diana se transformó. No podía creer que asistieran a la misma institución; claramente, ella no recordaba haberlo visto antes.

—Estudio restauración —confirmó, aturdida.

Entonces, una mano se posó en el hombro de Damián. Era Mosca, que se había acercado con el resto de la banda para inspeccionar a la chica.

—Che, nos tendrías que presentar a tu novia —comentó Faru sabiendo que eso enfadaría y avergonzaría a su amigo.

—No es mi... —comenzó a decir el bajista.

Ella comprendió la situación, y rápidamente cambió su expresión por una amistosa y amable sonrisa, hablando ahora como una adolescente normal.

—¡Hola! —dijo muy animada—, me llamo Diana y soy compañera de Damián. Hace unos días él faltó a la clase y el profesor nos dijo que la semana que viene tendremos un examen así que vine a avisarle porque no respondió mis mensajes. Seguro se quedó sin crédito. —Observó a todos con una amplia sonrisa. Esperaba haberlos convencido, pero por la forma en que la miraban, había cometido algún error.

—Damián nos dijo que jamás te había visto —comentó uno de los chicos.

Asustada, la joven pensó en una rápida mentira y miró al bajista con desaprobación.

—¿Otra vez con eso? —reprochó furiosa—, siempre hacés lo mismo. Yo sé que te da vergüenza que te vean conmigo y que no te gusta que tenga el pelo rosa. Pero creo que a tus amigos no les molesta el color. Tenés que superar esa estúpida idea tuya de que porque me veo distinta te hago pasar vergüenza. No es mi culpa que vos seas tan simple y aburrido.

El joven estaba realmente sorprendido con la habilidad que tenía Diana para improvisar.

—Perdón —dijo intentando seguir con la dramatización—, sabés que no me gusta que me vean con vos fuera de la clase. Llamás demasiado la atención. —Tomó aire y se dirigió a sus amigos—. Un poco tarde, pero les presento a Diana. Es muy buena amiga, pero a veces parece que estuviera totalmente loca.

Nunca habían conversado en la universidad, aunque tenía la sensación de haber intercambiado palabras con ella en el pasado.

A Diana no le gustó el comentario, pero guardó silencio por unos segundos.

—Bueno, ahora que ya te dije lo que necesitaba, me voy a estudiar, nos vemos el lunes.

Abandonó el lugar. Las cosas no habían salido como ella quería, sin embargo, ahora tenía la información que necesitaba para poder hablar con él nuevamente en la universidad. Lo vería el lunes.

Capítulo IV

Me gustaría dedicar este capítulo a mis primeros recuerdos que datan de 1726.

Para ese entonces, yo era una pequeña niña aparentemente normal con padres asustados ya que me estaban apareciendo extrañas líneas en la espalda.

Era un verano extremadamente caluroso. Mi abuela, la única persona que sabía que yo podría heredar habilidades de dragón, había viajado a un pequeño pueblo al sur de México para enseñar lectura y escritura a un grupo de niñas que habían arribado semanas atrás desde España. Ella regresaría al año siguiente.

Mi madre era una mujer muy religiosa que asistía a misa todos los domingos y ayudaba con la decoración de la iglesia para casamientos y otras festividades. Por ello, cuando notó las marcas que se dibujaban en mi espalda, no dudó en consultar con el sacerdote local, Monseñor Zacarías de la Huerta.

El hombre, al ver las extrañas líneas sobre mi piel, decidió bañarme con agua bendita, gesto que agradecí profundamente ya que el calor era insoportable. Mi madre se enfadó mucho conmigo cuando dije al religioso "Gracias por el baño señor, estaba sudando mucho."

Sin embargo, los meses transcurrían y las líneas, lejos de mejorar, se volvían más nítidas. Esto causó una segunda visita a la parroquia. El sacerdote estaba asustado, me puso en cuarentena sin saber si se trataba de un estigma de Dios o si era señal del demonio.

Me pasé los siguientes tres meses encerrada, sin poder salir de mi hogar. Los vecinos me tenían miedo y casi no hablaban con mis padres. Hasta que mi abuela regresó.

Al parecer, Mary había oído algunos rumores al respecto. Un comerciante amigo le había contado que en su último viaje a nuestro puerto, los vecinos hablaban de mí como si tuviera una enfermedad desconocida o algo por el estilo.

Cuando llegó a casa pidió inmediatamente poder verme, quizás sospechando de qué se trataba el asunto.

Al verme, me regaló un hermoso vestido celeste e insistió en que debía ponérmelo inmediatamente. Al cambiarme, logró observar las marcas que comenzaban a formar la silueta de un par de alas en mi espalda.

Lo que sigue me lo contó Mary cuando yo era mayor por lo que puede haber algún error.

Mi abuela estaba muy feliz y orgullosa al notar lo que ocurría. Yo había heredado las habilidades de dragón, al igual que ella.

Preocupada por lo que podrían decir de mí en el pueblo, pidió custodiarme por un tiempo diciendo que me llevaría ante un sacerdote con poderes sanadores en un pueblo que se hallaba a dos semanas en carreta. Mientras tanto, escribió una carta a la OPS, que en ese momento tenía su sede en Londres, pidiendo el envió de delegados que explicaran y demostraran a mis padres la herencia que yo había obtenido. También exigió que notificaran a mi abuelo paterno al respecto.

Durante los tres años que tomó a la organización recibir la carta, contestar y enviar a los representantes, yo viví con mi abuela en una pequeña casa escondida entre las montañas al oeste de México.

Allí, Mary me enseñó lo que significaba ser un dragón y que cuando fuese un poco mayor podría volar. Con ella aprendí a controlar la aparición de mis alas para que no se abrieran solas y también cómo atraer nubes que las cubriesen para que nadie me viera volar.

Siendo una niña, era muy fácil creer en todo aquello, pero mi abuela me había advertido que a mis padres les costaría mucho más el comprenderlo, y por ello debíamos esperar tener noticias de una organización de dragones viejos (o eso entendí yo en aquel momento) que iban a mandar a unos señores para ayudar a mis padres a entender lo que yo era.

LUNES

Al igual que el día en que había comenzado a escribir su libro, esa mañana Diana había tomado el subte para poder llegar con bastante anticipación a la universidad.

Ella era realmente un foco de atención. Mucha gente se volteaba para observar a la extraña chica de cabello mitad rosado y mitad rubio platinado que estaba quieta, cual estatua, en las escalinatas de una universidad privada, vistiendo totalmente de negro.

En esta ocasión, la joven dragón pretendía lucir lo más sobria posible, es decir, pantalón negro, remera negra lisa, campera negra y un par de botas también negras; sin accesorios ni estampados. No quería resaltar demasiado aunque sabía que ello sería imposible.

Diana no sabía cómo el joven bajista manejaba sus horarios o a qué clases asistía, pero se había asegurado de llegar con tanta anticipación que lo vería entrar por el único acceso al edificio.

Se cruzó de brazos y miró su reloj. Aún faltaba una hora para el inicio de las materias del turno mañana. Esperaba que el chico llegara pronto. Los minutos pasaban lentamente.

Cuando Tamara arribó, le preguntó a su amiga el motivo de aquella espera, a lo que ella simplemente respondió *"Tengo que hablar con alguien."*, sin dejar de analizar a todos los hombres que subían la escalinata.

Ya eran casi las ocho y Diana temía que el joven dragón no asistiera. Hasta que finalmente lo vio. El chico estaba descendiendo de un colectivo al otro lado de la avenida y cruzaba corriendo la calle por el medio de la cuadra, un completo idiota.

Damián estaba demasiado apurado como para notar a la extremadamente llamativa chica que lo esperaba en las escalinatas, por lo que corrió a su lado sin notarlo. Afortunadamente Diana tenía muy buenos reflejos y lo atrapó por el brazo, casi provocando que ambos cayeran.

El bajista se volteó. Estaba a punto de insultar a su captor cuando notó que se trataba de la misteriosa estudiante que había conocido el sábado anterior.

—Vos venís conmigo —ordenó ella. Corrió escaleras arriba, arrastrando al confundido muchacho.

Entraron en un aula vacía del quinto piso que se utilizaba solamente durante el turno noche. Diana abrió rápidamente su mochila y utilizó una cadena con candado de bicicletas para poder mantener la puerta cerrada.

—Okay, ahora sí. Me vas a escuchar hasta el final o no te dejo salir. Y hablo en serio —amenazó violentamente la rubia—, no esperé la interrupción de tus amigos el otro día, pero esta vez vamos a poder charlar tranquilos —explicó—. Elegí un asiento y tomá nota —indicó, señalando todos los lugares vacíos—. Por hoy voy a ser tu profesora y tengo muy poca paciencia. —Intentó parecer ruda para disimular sus nervios—. Primero, te voy a explicar todo lo que necesitás saber y después podés hacerme las preguntas que quieras. Así que quedate calladito hasta el final. Prestá atención porque no voy a repetirte nada.

Damián asintió con la cabeza. Estaba asustado. *Esta chica es una loca que me acaba de secuestrar.* Pensó preocupado.

—Por cierto —añadió Diana—, si te llego a ver usando el celular, lo tiro por la ventana.

Damián se estaba quedando dormido cuando su captora indicó que había terminado de escribir la larga lista de temas en el pizarrón, dividida en columnas. La caligrafía era tan mala que el bajista no podía descifrar nada.

Mejor le sigo la corriente hasta que termine. Se dijo el chico a si mismo, intentando comprender la explicación.

Casi una hora más tarde, Diana había concluido la clase. Le había hablado deel origen de los dragones, su mezcla con los humanos y cómo funcionaba el sistema de herencia. Luego hizo un repaso sobre las funciones de la OPS y la misión que le habían asignado a ella.

Le contó también algo sobre sus propios poderes y como se habían desarrollado.

—Ahora, sé que posiblemente no me creés. Entiendo que es difícil confiar en alguien que se ve como yo, así que pasemos a la parte práctica —anunció—. Responderé preguntas luego.

Repentinamente, le dio la espalda a Damián y se quitó la campera, revelando una remera con la espalda totalmente abierta. Tenía un impresionante tatuaje en forma de alas. El chico se ruborizó y apartó la mirada.

—Mirá bien. Estas alas son de verdad, no un lindo dibujo. —Diana se recogió el cabello para que la imagen se viera completa—. Vení para acá y poné tu mano encima —ordenó.

La cara de Damián se tornó totalmente roja. Ella lo notó.

—Dejá de pensar estupideces, pedazo de pervertido, y poné tu puta mano en mi espalda, pendejo —amenazó nuevamente. El chico obedeció.

—Como notarás, no se trata de un tatuaje, no hay tinta. Es parte de mí. Vos no tenés algo así porque tus antepasados mantuvieron la pureza de los dragones de tierra mientras que los míos se mezclaron. —Se volteó nuevamente y miró a Damián fijamente—. Mis ojos tienen colores raros. No son lentes de contacto. Nací así. El derecho representa a los dragones del cielo, por eso es azul. El izquierdo es herencia de tierra, del mismo color que los tuyos —concluyó—. ¿Entendiste?

Damián estaba demasiado avergonzado como para hablar y se conformó con asentir en silencio.

—¿Me creés? —insistió ella.

Pero el joven hizo gesto negativo.

—Eso supuse. Abrí la ventana —pidió amablemente—, me imaginé que iba a llegar a esto. Ahora mirame con atención. No parpadees ni nada de eso ¿dale?

Una vez más, Diana se volteó, mostrando su espalda desnuda a Damián. Extendió los brazos y murmuró algo muy suavemente. Entonces, el tatuaje se volvió rojo por unos segundos. Las líneas se llenaron de color.

—Ahora —anunció ella, volteando el rostro para sonreírle al chico. Murmuró algo más y aquellas alas se despegaron de su espalda, triplicando su tamaño.

Diana caminó hacia él.

—¿Ves? No era un chiste.

Aún intentando procesar lo que había visto, Damián se acercó para asegurarse que fueran reales.

—Si pudieras volar, la gente te vería —dijo perplejo, inspeccionando la textura áspera.

—Ahí es donde viene el motivo por el que se llaman alas de nube. —Extendió su brazo hacia la ventana y la habitación se volvió totalmente blanca—. Atraen a las nubes como un imán, así nadie puede verme, y para la gente normal soy solamente una de esas pequeñas nubecitas bajas que se mueven a mayor velocidad. Vení, te muestro —agregó tomando al chico de las manos. Saltó por la ventana sin soltarlo, y rápidamente ascendió por el aire. Damián temía a las alturas.

Afortunadamente, el viaje fue corto, alrededor de la manzana y de nuevo dentro del edificio.

—Asumo que ahora sí me vas a creer —dijo Diana, sonriendo.

Damián se desmayó instantáneamente y ella simplemente lo dejó allí y fue a su clase.

Mensajes

El bajista despertó una hora más tarde, desorientado. ¿Estaba en su casa? No lo sabía. *¿Me caí de la cama?* Se preguntó, sintiendo su cuerpo algo dolorido.

Se quedó quieto un par de minutos, recordando el extraño sueño que había tenido sobre aquella chica del sábado. Seguramente le pareció una persona tan extraña que causó aquella pesadilla.

Abrió los ojos. No estaba en su habitación sino en el cuarto de sus sueños. Se sentó rápidamente, confundido. Consideró incluso la posibilidad de estar soñando en una especie de pesadilla dentro de la otra. Pero el dolor era real. Se puso de pie y caminó hacia la ventana abierta para descifrar su ubicación. Definitivamente se trataba de la Universidad. Miró el reloj, las clases estaban por concluir. Recogió su mochila y buscó el celular. Tenía un mensaje de texto.

"Holaaa! Soy Diana. Espero que ahora sí me creas jeje :P agendame! Cuando estés listo para hacerme muchas preguntas y aprender a usar tus habilidades, llamame o mandame un mensaje. ¿Dale? Nos vemos!!<3"

Entonces todo había sido real. *Mierda.*

Damián agendó el teléfono de la chica y comenzó a bajar las escaleras para regresar a su hogar.

Subió al colectivo pagando con las monedas que tenía en el bolsillo. Se sentó en el último asiento, junto a la ventana. Estaba mareado, sentía náuseas y su cabeza parecía estar a punto de explotar posiblemente debido al vuelo. El chico abrió la ventanilla para tomar una gran bocanada de aire, como si se asfixiara.

Consideró ver a un psicólogo, pero en el fondo, estaba seguro que todo aquello era real. Él había visto las alas y volado alrededor de la Universidad entre las nubes. *Sé que no estoy loco.* Se auto-convenció.

Estaba tan absorto en sus pensamientos que no advirtió donde se encontraba y olvidó bajarse del colectivo.

—Última parada, por favor desciendan —anunció el chofer.

El bajista volvió en sí.

¿Dónde carajo estoy? Se preguntó. Salió corriendo del vehículo y comenzó a caminar por una ancha avenida. Parecía haberse alejado bastante, quizás incluso fuera de Capital Federal. Miró su reloj una vez más, ya había pasado el mediodía y comenzaba a sentir hambre, por lo que decidió regresar a la terminal. La manera más segura de volver a su hogar era utilizando el mismo medio.

Le llegó un mensaje al celular que vibraba fuertemente en su bolsillo.

Hola!!!! Estás despierto, ¿no? xq ya no estás en el aula donde te dejé. Bueno, habrás notado me llevé tu billetera y licencia para manejar, así me aseguro que me llames pronto. Nos vemos!!n_n

—¡Hija de puta! —gritó Damián en medio de la calle. Estaba muy enfadado. Quería golpearla, arrancarle esas malditas alas y no volver a verla en su vida. *Primero me persigue y acosa, después me secuestra, me deja tirado en una habitación y me roba. ¿Quién se cree que es?*

Recibió un nuevo texto.

*Por cierto, me hice una copia de tus contactos así puedo encontrarte si intentás escaparte. ^^*

Damián apagó el teléfono y se adentró en el edificio que tenía frente a él.

—Disculpe señor, ¿Podría decirme cuando sale el próximo colectivo? —preguntó amablemente a un inspector.

—Perdoname amigo. A partir del mediodía estamo' de huelga. No hay más servicio hasta el miércoles. Vos llegaste en el último coche del día.

Genial, estoy perdido.

SIESTA

—Tengo hambre —le dijo Diana a Tamara cuando caminaban hacia la entrada del subte—; quiero comer algo, no sé, cualquier cosa. En este momento sería capaz de devorarme una vaca entera. —Sacó su billetera, pero estaba vacía.

—Siempre decís lo mismo y al final comprás muchísima comida al pedo porque comés menos que tu gato —reprochó su amiga, ligeramente enfadada—. De todas formas, no tenés plata.

Quizás... Pensó Diana con curiosidad.

—Me parece que me queda algo. —Buscó en su mochila la billetera de Damián y encontró un par de pesos. Su amiga la miraba extrañada, pero prefirió no preguntar.

Las chicas se detuvieron unos minutos en el kiosco de la esquina y compraron alfajores y galletitas. *Lo devolveré luego.* Pensó Diana sintiéndose un poco culpable.

Ambas amigas se despidieron en la estación y tomaron los trenes hacia extremos opuestos.

Diana no tardó demasiado en llegar a su casa y preparar un almuerzo básico, arroz. Cuando terminó de comer se recostó en la cama con Ramsés a su lado y cerró los ojos, deseaba dormir un rato.

Casi a las cuatro de la tarde, la despertó su celular. Tenía un mensaje. Seguramente se trataba de Tamara pidiendo ayuda con algún proyecto de la Universidad.

La chica se volteó intentando seguir durmiendo. Varios minutos más tarde, recibió un llamado que la hizo saltar de la cama. *Debería dejar de poner temas de Marilyn Manson como ringtone.* Se dijo, intentando atender con los ojos aún cerrados.

—Hola, te comunicaste con la bella durmiente, buenas noches —murmuró antes de escuchar la voz del otro lado. Se recostó nuevamente finalizando la conversación.

Estaba a punto de quedarse dormida cuando hubo un nuevo llamado, posiblemente de la misma persona.

Okay, ya voy. Dijo en su mente forzándose a abrir los ojos que ardían con la luz de la pantalla. Era Damián.

—Hola ¿qué pasa? —preguntó sorprendida. El chico no sonaba exactamente feliz.

—¿Qué te pasa a vos, pelotuda? Me dejás inconsciente, me robás toda la plata y encima no querés atenderme —reclamó a los gritos.

Diana lo interrumpió.

—No es cierto, te dejé algunas monedas para que volvieras a tu casa.

—Como estaba diciendo —continuó hablando el bajista, ignorando el comentario anterior—, estoy perdido, el colectivo está de huelga hasta dentro de dos días y no puedo volver a mi casa. Ahora te digo las calles y me venís a buscar en un taxi.

La chica se rió a carcajadas.

—Sos un inútil ¿Te perdiste yendo a tu casa? Me alegra que no puedas volar. Si sos capaz de perderte en un colectivo, no quiero imaginar en qué país podrías terminar volando en un día de tormenta.

Damián estaba enfadándose cada vez más.

—Gracias por tu no ayuda. Espero que nada me pase en los casi veinte kilómetros que tengo que caminar hasta mi casa. Chau. —Apagó el celular.

Nuevamente Diana sintió algo de culpa, pero tenía sueño y eso era más importante. Se tapó con su frazada con estampado de leopardo fucsia, intentando dormir al menos por otra hora.

Parque Centenario

Damián caminó por casi dos horas, siguiendo las paradas del colectivo para poder llegar a su casa, pero el estómago le exigía comida y sus pies ardían por el cansancio.

De la mano de enfrente, había una pequeña plaza. Cruzó. Allí pudo finalmente sentarse a descansar. Estaba comenzando a anochecer y, al parecer, también podría llover en cualquier momento.

Encendió su celular, tenía poca batería.

—¡Che!

Oyó una voz a lo lejos

—¿Necesitás una brújula?

Damián miró en todas direcciones pero no vio a nadie

—Sí que sos lento —dijo la voz.

Realmente debo estar loco. Pensó el chico. Había comenzado a escribir un mensaje cuando sintió que alguien lo tomaba de las manos, elevándolo por los aires a gran velocidad.

—Su taxi ha llegado, Monsieur —bromeó Diana— ¿A dónde querés que te lleve? Podríamos ir al cine o a patinar, también conozco un bowling muy bonito y...

—¿Me estás jodiendo? ¿No te dije que me vinieras a buscar en taxi? —reprochó, asustado.

—¿Para qué pagar por un taxi cuando podemos volar gratis?

Damián deseaba desde el fondo de su alma que un rayo partiera a la chica en dos, pero no ahora, sino cuando él ya estuviese en tierra.

—A ver, dejame cerca de mi casa, no sé, en Parque Centenario —pidió lo más amablemente posible.

—A sus órdenes, capitán. —Diana hizo una pirueta en el aire y ascendió, volando sobre las nubes de tormenta por varios minutos.

Luego, comenzó a descender en picada, soltando a su acompañante dentro de una fuente de agua. Ella bajó suavemente y abrió su paraguas.

—¿Qué te pasó? ¿Olvidaste sacarte la ropa antes de bañarte?

Esa fue la gota que colmó el vaso.

—Me cansaste. No me importa si sos un dragón, un duende, una sirena o simplemente una loca. —Damián tomó a Diana por el brazo y la arrastro hasta la pequeña laguna que había en el centro del parque— ¡Andá a bañarte vos! —La tiró al agua y comenzó a caminar. La falta de sonido a sus espaldas era perturbadora. *Estaba convencido que ella intentaría seguirme o algo…*

Cuando volteó la joven seguía en el agua, intentando salir a flote. *Esta inútil no sabe nadar,*notó él rápidamente. Quería dejarla allí, a su suerte, pero no era capaz, Damián siempre había sido un joven muy caballeroso, incluso con las peores arpías.

El bajista se quitó el abrigo, recostándose junto al borde del agua intentando alcanzarla. No era suficiente. Se vio obligado a nadar hasta ella y arrastrarla nuevamente al parque. La laguna no era profunda y casi podían hacer pie.

—Sos una idiota. Me dijiste que tenés más de doscientos años ¿y no sabés nadar?

—Le temo al agua —murmuró Diana con dificultad, recuperando el aliento—, y no puedo volar estando totalmente mojada — agregó—; pero ya está, podés irte a tu casa y dejarme abandonada acá. Sola e indefensa toda la noche bajo la lluvia. —La chica se llevó una mano a la frente, en un gesto dramático.

—No voy a mostrarte donde vivo —sentenció el bajista, captando rápidamente la intención de la rubia.

—Pero… —Diana tenía todo el maquillaje corrido y los ojos llenos de lágrimas.

El bajista suspiró.

—Está bien. Te doy una toalla y en una hora te vas.

—Obviamente. Ni loca me quedaría en la casa de un desconocido a pasar la noche. Menos aún si es alguien como vos. —La chica le sacó la lengua a Damián, haciendo una mueca infantil.

Enfadado, el bajista comenzó a caminar en silencio asumiendo que ella lo seguía. Esto sería un problema. Sabía que presentarles a sus aburridos y monótonos padres a una chica que se cree dragón, vestida totalmente de negro, con el cabello rosa y el maquillaje corrido era una mala idea. Especialmente ya que iban si avisar. Si tenían suerte, podrían decir que entraban por unos minutos, ofrecerle a Diana una toalla y empujarla por la ventana para que volara y jamás regresara a pisar su hogar.

Bajo techo

La casa de Damián era bastante simple. Una antigua y gran construcción junto a las vías del tren, imitando el estilo victoriano pero mal coloreado. Muy argentino.

—Seguime. No digas nada salvo que te saluden —ordenó el chico, guiándola velozmente escaleras arriba. Ambos entraron en la habitación.

—Estoy hecha un asco —se quejó Diana— ¿No podés prestarme ropa de tu mamá o algo? Así me doy una ducha.

—El trato era una toalla y te ibas —insistió él.

—¿En serio pensás que puedo irme así? Al menos dejame esperar hasta que la tormenta termine.

—Hacé lo que quieras. Mudate a mi casa si se te da la gana, pero callate. Me estás dando un terrible dolor de cabeza —murmuró él con enfado.

—¿De verdad me puedo mudar? No me caés bien, pero eso sería genial, así podemos practicar como usar tus habilidades —bromeó ella.

Damián salió de la habitación, cerrando la puerta con fuerza y sin contestar; y regresó poco con una toalla verde. Prefería no contestarle.

—¿No tenías una más linda? —preguntó ella—. Era un chiste —agregó poco después—. Bonita habitación, simple y aburrida como su dueño.

—Escuchame. —Damián golpeó el escritorio con las manos—. El único motivo por el cual no te saco de una patada es porque sos mujer, —hizo una pausa —y es mi culpa que estés empapada.

—Esos son dos motivos —corrigió la híbrida en tono juguetón. El bajista no contestó.

—Che, no sabrías reconocer un chiste aunque te bailara desnudo enfrente tuyo ¿cierto? —agregó Diana, intentando secarse el cabello. En el fondo, intentaba ser amistosa. —Por cierto, quería pedirte un favor.

—¿Otro? —preguntó Damián, al borde de perder la paciencia.

—Sí. Hay una canción de tu grupo que me encanta, ¿Me pasarías el archivo?

Aquel pedido sorprendió al bajista que se preguntaba cuál podría ser ese tema.

—Cla... Claro —murmuró confundido— ¿Qué canción?

—No sé cómo se llama —admitió Diana—, pero la letra dice algo así como que soy feliz pero el tiempo pasó y no te voy a ver más —entonó suavemente—. No me acuerdo muy bien.

Esa era su primera canción. La que Damián había escrito hacía ya varios años, tras la muerte de su padre.

—Se llama *Nunca Más.* —El bajista se sentó frente a la computadora y buscó el archivo mientras intentaba recordar algo—. Capaz estoy loco, pero ¿no estabas llorando el sábado cuando tocamos ese tema? —preguntó duramente.

Las mejillas de Diana se enrojecieron por la vergüenza.

—Sí... —murmuró apenada—. Es que la letra es muy hermosa y me recuerda a mi pasado.

No le gustaba pensar en aquello, y él notó que era un mal tema de conversación.

—Tomá —dijo extendiéndole un CD un par de minutos más tarde—. Grabé varios temas nuestros.

Quizás ella no es tan molesta como pensé.

La puerta se abrió estruendosamente.

—En una hora me llevás en el auto a la casa de mi novio, o te mato.

La adolescente que había hablado cerró de un portazo sin siquiera reparar en la híbrida.

Diana miró a su amigo algo confundida.

—¿Quién era el gnomo pelirrojo de recién? —preguntó con curiosidad.

—Mi hermanastra Larissa. Una pendeja insoportable que me trata como si fuera su mayordomo. Creo que no te vio.

Ella te trata como sirviente porque sos un idiota que obedece. Pensó la chica.

—Bueno, en una hora te vas —anunció Damián.

—Ni loca. Va a seguir lloviendo —protestó ella, sentándose en la cama—. Te espero. Prometo no tocar nada. —Cruzó los dedos en su mente. La mejor manera de averiguar sobre la vida de alguien era inspeccionando su habitación.

—Si querés te llevo a tu casa en auto —ofreció desesperado. No quería que ella estuviera en su habitación. No le agradaba demasiado la chica, de hecho, le tenía miedo.

—Me gusta esto —dijo ella tomando un gorro de lana azul que estaba sobre la cama. —¿Cómo me veo? —Se lo colocó.

—Al menos cubre tu ridículo pelo rosa —confesó Damián. Así nadie en su familia pensaría que ella era extraña—. Si no te lo sacás, te dejo quedarte un rato más.

—Es un trato —contestó Diana—; por cierto, tu hermana debe tener algo para sacarme el maquillaje ¿Te podés fijar?

En silencio, él obedeció, regresando a la habitación poco después.

—Tené cuidado que si se entera, me mata.

Mientras ella se limpiaba el rostro, el chico abrió su placard y tomó algunas cosas.

—Ya vengo, me voy a poner ropa seca.

Diana comenzó a inspeccionar lo que tenía cerca. Había entradas a conciertos, afiches de distintas bandas, muchas fotocopias de la universidad, el bajo recostado sobre un sillón y un cuaderno sobre la cama. Decidió echarle un vistazo. La primera hoja decía "*prototipos*".

—Volví —anunció Damián, que ahora vestía una remera azul, estilo polo. Le quitó el cuaderno de las manos, inmediatamente. —No mirés lo que no es tuyo —reprochó, guardando el objeto en un cajón.

Ella lo miró con sus ojos muy abiertos.

—Son canciones muy lindas —murmuró— ¿Por qué no las cantan?

—Demasiado estúpidas para una banda de rock. —El bajista hizo una pausa—; y creo que muchas de las letras me harían merecer una cita con el psicólogo.

Él le daba la espalda. Le avergonzaba que hubiese visto sus canciones.

—¿Qué bandas te gustan? —preguntó para cambiar el tema de conversación.

—Muchas. —Diana repasó en su mente una interminable lista.

—¿Cuál es tu favorita? —Se sentó en el sillón y encendió la televisión, sin sonido.

La chica se recostó sobre la cama.

—Siempre me han fascinado *The Beatles,* pero de los grupos actuales, supongo que mi favorito es *Dead Jokers,* aunque si ustedes siguen cantando este tipo de temas voy a considerar hacer de *Jaque Mate* mi banda número uno.

Era definitivamente una persona extraña. Damián se preguntaba cómo podía ser tan sincera y directa al hablar. No estaba seguro si se trataba de una capacidad admirable o de una personalidad excesivamente simple. Hablaron sobre música por un buen rato.

Ella quería hacerlo sentir cómodo para más tarde poder conversar sobre sus poderes.

—Es hora de irme. Ya vuelvo. No te muevas de ahí —advirtió él— mirá la tele y no toqués nada.

Diciendo esto, le entregó el control remoto y salió de la habitación.

ABRACADABRA

"8:42pm de un día tormentoso en Buenos Aires", anunció la voz del presentador por la radio.

Damián conducía demasiado rápido a pesar de la lluvia. Sus padres regresarían pronto y él deseaba que Diana ya no estuviese en ese momento.

Estacionó en la vereda y corrió hacia su habitación seguido por Midas, su mascota.

—Volví —anunció.

La chica gritó horrorizada cuando el gran perro saltó sobre ella a modo de saludo.

—¡Sacámelo de encima, me va a comer!

Esta vez, fue el bajista quien comenzó a reír ante el irracional miedo de Diana.

—No puedo creer que le temas a Midas, sos patética. Primero no sabés nadar y después te ponés a gritar cuando vez a un perro, es increíble que seas tan vieja y tan asustadiza.

Tomó al perro por el collar, sacándolo de la habitación.

—¿De dónde sacaste ropa limpia? —preguntó sorprendido al notar que ella llevaba ahora un vestido rayado y el maquillaje perfectamente arreglado.

—Encontré todo en el fondo del armario de tu hermana, adentro de una bolsa, debajo de varias cajas. Asumo que ni siquiera sabe que lo tiene ¿Cómo me veo?

No le quedaba mal, pero Damián no era de la clase de chicos que hacia cumplidos.

—Igual que antes —comentó con apatía—. Te dije que no tocaras nada.

—No pude evitarlo. Soy muy curiosa y encontré demasiadas cosas interesantes. Por ejemplo, esta foto tuya disfrazado de indio. —Le mostró un porta retratos que había tomado del pasillo.

—¡Dame eso! —Su cara se tornó totalmente roja. Esta chica iba a volverlo loco—. ¿Qué más revisaste?

—No mucho —contestó ella pensativa—. Por cierto, llamó tu amigo Dany al celular.

No puedo creer que haya atendido.

—¿Qué le dijiste?

—Que era yo, Diana, la simpática niña de cabello rosado. Hablamos por casi media hora. Me preguntó dónde estabas y qué hacía yo con tu teléfono. Creo que te va a llamar mañana.

La voy a matar. Pensó Damián, al borde de perder la paciencia.

—Antes que me olvide —agregó ella, buscando algo dentro de su cartera—; acá tenés tu mugrosa billetera, espero que no se te hayan arruinado las cosas con tanta agua. —Se la entregó.

Damián la revisó para asegurarse que no faltase nada.

—¿Y la plata?

—Tenía hambre —contestó Diana—. Otro día te la devuelvo.

Intentó no perder la paciencia—. Bueno, mi querida amiga, ya estas totalmente seca y casi no llueve ¿Te acompaño hasta la puerta o preferís salir por la ventana?

—Decidí quedarme a cenar —aseguró—. Quiero comer algo rico y conocer a tu familia para ver si puedo explicarles lo mismo que te conté esta mañana o si es mejor pedir a la OPS que envíen un delegado.

—No. Ni se te ocurra contarles nada. —Damián intentó pensar en una buena excusa—. Ya les voy a decir yo mismo, cuando pueda controlar mis poderes o lo que sea para demostrarles que es verdad.

A ella le pareció coherente.

—Igualmente, voy a cenar con ustedes. —Volvió a recostarse en la cama.

Damián guardó el bajo en el placard y se sentó, resignado.

—Quería preguntarte algo ¿Cómo me encontraste hoy?

—Elemental, mi querido Watson —bromeó—, esta mañana te vi cuando bajabas del colectivo, así que asumí que habrías tomado la misma línea para regresar a tu casa. Lo único que tuve que hacer fue buscar en Internet el trayecto, y luego sobrevolarlo hasta encontrarte. Fue muy fácil.

—No sos tan tonta como parecés —elogió él— ¿Por qué fuiste? y, más importante, ¿Cómo pudiste verme desde tan arriba?

—Me sentí culpable de haberte robado —admitió la híbrida—; y te vi con mi ojo derecho. Los ojos de los dragones de cielo están desarrollados con la capacidad de ver a grandes distancias —explicó.

—Ajam, entonces ¿Cuáles son mis supuestas habilidades? —preguntó Damián con curiosidad. Estaba comenzando a interesarse en el tema.

—No me dieron mucha información, pero por lo que sé, descendés de una familia de dragones de tierra que no quisieron nunca mezclarse con los de aire. Tus poderes se basan en la sabiduría y la magia.

—Claro, soy un mago. Abracadabra —bromeó él.

—No de esa clase. Pero sí, algo por el estilo. Yo soy descendiente de ambas razas, así que puedo hacer algunos conjuros, pero solo los más básicos. —Hizo un movimiento con la mano izquierda y repentinamente su ropa había cambiado de color—. Yo me especializo en ilusiones y camuflaje.

Damián estaba en shock.

—Podría hacer que tu pelo fuese verde. Se vería genial —sugirió ella.

—Me gusta natural, gracias —contestó el bajista en un murmullo—. Entonces, me estás diciendo que si practico magia podría hacer cosas como esa. ¿No?

—Y mucho más, sos de ascendencia pura. Tus poderes superan fácilmente a los míos. Pero jamás podrás volar.

Oyeron la puerta principal abriéndose. Los padres de Damián estaban en casa.

La cena

Damián salió de la habitación por algunos minutos para explicar a sus padres que una conocida se quedaría a comer con ellos.

—La cena estará lista en cinco minutos —anunció al volver— ¿Podrías cambiarte el pelo por algún color normal hasta mañana? —preguntó, casi rogándole.

—No. —Fue la respuesta de Diana—, pero no te preocupes, no lo notarán.

Como si alguien pudiese ignorar el rosa.

—Escuchame —agregó ella—, les voy a contar a tus padres quién soy y por qué estoy en tu casa. Vos seguime la corriente. —Le guiñó un ojo—. Ahora vayamos a comer, muero de hambre.

Bajaron por las escaleras y caminaron hasta el comedor. La decoración de la casa era monótona. Todas las paredes habían sido pintadas de blanco y los muebles combinaban como si fuera un hospital. *Con semejante casa ahora entiendo de dónde sacó Damián su estilo tan aburrido.* Pensó la chica.

—Buenas noches —saludó Diana, sentándose frente a la madre del bajista. La mujer tendría aproximadamente cincuenta y cinco años, muy delgada, con leves rasgos orientales y mucho maquillaje. Llevaba el cabello oscuro recogido en un rodete.

—Es un placer conocerte —contestó el padrastro. Realmente daba miedo. Tenía la contextura física de un jugador de rugby. A juzgar por sus canas, debía rondar los sesenta años. Su rostro era rígido y estaba adornado por un grueso bigote pasado de moda.

Damián se sorprendió ante la reacción de ambos ya que no parecían haberse asustado por el cabello de la chica.

—Ella es Diana, una amiga de la universidad.

—Nunca nos habías hablado de ella —dijo Eleonora, la madre— ¿Hace mucho que se conocen?

Diana tomó la palabra rápidamente.

—Nunca nos habíamos hablado, hasta hoy. —Miró al chico—. No sé qué hubiera pasado si él no me encontraba en el parque.

—¿Qué pasó? —Quiso saber Eduardo, el padre.

—Esta tarde, luego de clases, fui a visitar a mi abuela que está internada acá cerca, en el hospital Durand. Cuando salí, unos muchachos me asaltaron. Se llevaron mi dinero y el celular. No tenía forma de volver a mi casa, así que me senté en el parque, desesperada. Por suerte Damián bajó del colectivo y me reconoció. No estudiamos la misma carrera, pero nos habíamos visto antes en la universidad. Cuando le conté lo que me había pasado, él me invitó a venir a su casa para llamar a mi familia. Justo entonces empezó a llover muy fuerte así que no tenía forma de irme. Perdonen la molestia.

¿De dónde carajo sacó esa historia tan convincente? Se preguntó Damián. La chica era muy buena mintiendo.

—Estoy orgullosa de vos —dijo Eleonora a su hijo. Luego miró a Diana—. Espero que te agrade la comida.

—Descuide señora —contestó Diana educadamente—, me encantan las empanadas de jamón y queso.

La cena transcurrió sin demasiadas eventualidades. Por momentos, el interrogatorio por parte de los adultos se tornaba un poco incómodo. Hicieron las preguntas típicas de los padres. Querían saber dónde vivía, con quién, de dónde venía, qué estudiaba y si tenía novio. La híbrida respondió a cada una de las preguntas con una serie de mentiras que eran muchísimo más lógicas que la verdad.

Al finalizar, los chicos subieron nuevamente a la habitación para recoger la cartera de Diana sin que nadie lo notara.

—¿Qué hiciste? —preguntó Damián, confundido—. Parecía que te adoraban.

—Solo una ilusión. Para ellos soy una chica de cabello rubio natural, vestida de color beige.

—No sabía que podías hacer eso —comentó él.

—Tengo muchos trucos que no conocés —explicó Diana—. Por cierto ¿cuándo podemos practicar magia?

Damián hizo un repaso mental de su agenda. Realmente quería aprender, le parecía interesante y las pequeñas demostraciones que había presenciado despertaban su curiosidad.

—El viernes a la tarde, después del ensayo con la banda. Nos juntamos con los chicos desde las dos hasta las seis de la tarde aproximadamente. Podrías venir media hora más tarde así usamos el galpón en paz. Después te mando la dirección por mensaje.

—Dale. Nos vemos el viernes entonces.

Amablemente, el chico se ofreció a llevarla en auto a su casa en Palermo, pero la muchacha prefirió volar.

Las amistades nacen
de forma impredecible.
Es imposible saber
cuándo y dónde sucederá.

Capítulo V

Ha pasado ya mucho tiempo desde que era una niña. Recuerdo a mi abuela, en México, entrenándome para recorrer grandes distancias sin ser vista y aprovechando el viento. Tampoco puedo olvidar que hubo un viaje que me hizo temerle al vuelo por casi un siglo.

Los poderes de un dragón no alcanzan el nivel adulto hasta aproximadamente los veinte años y, sin embargo, yo los estuve utilizando desde mucho más joven.

Mary y yo solíamos viajar por todo México, nos gustaba especialmente el ambiente de la cordillera donde podíamos escondernos más fácilmente. Nuestras excursiones solían durar entre uno y dos meses cada una.

En una pequeña casa de madera cerca del Océano Pacífico vivía Zacarías, un amigo de mi abuela, mucho mayor que ella. Nosotras lo visitábamos asiduamente y disfrutábamos de las anécdotas de su juventud.

Una noche, mientras volábamos hacia la casa del viejo dragón, mi abuela tuvo un mal presentimiento y decidió que sería mejor regresar a nuestro hogar, postergando la visita para el mes siguiente. Yo tenía en ese entonces dieciocho años.

Mary estaba apurada, volaba a una velocidad que me era difícil de alcanzar. ¿Qué había pasado? No lo sabíamos.

Aún no comenzaba a amanecer cuando se desató una tormenta eléctrica. Mi abuela me indicó que debíamos volar por encima de las nubes, algo que yo jamás había intentado en el pasado. Pero el viento no me permitía ascender y ella se alejaba más y más de mí.

En algún momento, Mary notó que me había quedado debajo y regresó para ayudarme. Mis alas aún no estaban totalmente desarrolladas y con cada movimiento sentía que podrían partirse. Tenía miedo.

Luego de largos minutos, me alcanzó, tomando mis manos. Me ordenó replegar mis alas; ella me llevaría a un lugar seguro. Obedecí.

Todo parecía estar saliendo bien, veía el puerto en la lejanía y comenzábamos a descender lentamente. Entonces, sucedió algo que comprendí luego de haber caído. Un rayó alcanzó a mi abuela. Ella había intentado esquivarlo (ya que una de las habilidades que poseemos es la de sentir la energía acumulada antes que sea liberada), pero aparentemente, parte de aquella potente fuente eléctrica logró golpear una de sus alas. Caímos en picada.

Al despertar ya era de día y, por unos segundos, creí que todo había sido un sueño. Abrí los ojos. Estaba en medio del desierto, el cuerpo me dolía y no podía mover una de mis piernas, se había quebrado o torcido. No estoy segura.

Me senté y busqué a Mary con la vista. Estaba recostada, inconsciente casi medio kilómetro más lejos. Comencé a llorar, pensé que había muerto.

Intenté usar mis alas pero el dolor era insoportable. Debí arrastrarme hacia ella, tarea que tomó varias horas. Cuando llegué la llamé gritando su nombre una y otra vez. Despertó.

No podía levantarse. Uno de sus ojos estaba cubierto de sangre y apenas era capaz de articular alguna palabra debido al dolor. Tenía que sacarla de allí.

A pesar de las heridas y el miedo, esperé a la noche y comencé a volar lentamente hacia la ciudad, cargándola. Sentía mis alas a punto de romperse. Tenía la necesidad de detenerme a descansar cada varios minutos. Era una tarea demasiado difícil para una niña de mi edad. Nos tomó tres días regresar.

Había pasado ya la media noche cuando ingresamos en mi casa. Estaba vacía. Mamá y papá no podían estar fuera. ¿Qué había pasado?

El cansancio era tal que, solo por esa noche, nos recostamos a dormir en cómodas camas.

A la mañana siguiente busqué al doctor del pueblo, Jonás de Córdova, para que ayudara a mi abuela.

Mientras vendaba las heridas, me preguntó cómo había tomado la noticia de mis padres. No entendía a qué se refería.

Estaban muertos, ambos.

La noche de la fatal tormenta, el viento había comenzado a soplar con ferocidad desde el mar. Luisa y Joseph salían de la última misa y se refugiaron debajo de un enorme árbol que fue alcanzado por un rayo, y se incendió el edificio entero. No solo mis padres sino también otras doce personas perecieron allí, junto a la catedral.

"Toda tormenta se lleva algunas víctimas" Me aseguró el doctor. Pero obviamente eso no era suficiente para calmarme.

Nuestras heridas físicas tardaron casi dos meses en curarse completamente, las del corazón siguen abiertas.

Yo gané una bonita cicatriz en mi pierna derecha y mi abuela perdió una de sus alas casi por completo, no podría volver a volar jamás.

Mary amaba el cielo, para ella no poder surcarlo era igual que morir. No volvió a ser la misma hasta la popularización de los aviones en 1950.

MIÉRCOLES

Diana y Tamara odiaban los miércoles. En realidad detestaban absolutamente cualquier día de clases que no fueran prácticas.

El tiempo parecía no avanzar. Miraban el reloj cada diez minutos creyendo que ya había pasado una hora. Se sentían como reas contando los días para obtener su libertad.

El profesor, un hombre de casi cien años, hablaba con lentitud sobre temas tan aburridos que podrían dormir a una tortuga. Ellas preferían las clases prácticas, donde eran capaces de trabajar sobre los objetos. Les encantaba restaurar.

Las amigas compartían su aburrimiento enviándose mensajes a través del celular. Solían escribir cosas como *"Me aburro"* o *"Mi cerebro acaba de colapsar"* durante toda la clase.

Gracias a estos pequeños momentos de estupidez, Diana se sentía realmente humana. Aún no se acostumbraba a las pantallas táctiles ni nada de eso, pero mandaba mensajes como cualquier otra persona nacida en las últimas décadas. Estaba enamorada de la tecnología y, a pesar de las complicaciones, siempre se esforzaba por aprender a utilizar los nuevos aparatos que se ponían de moda.

Cuando la materia hubo finalizado, las chicas se alistaron para salir. Habían planeado encontrarse con sus amigos para almorzar cerca de la universidad.

Diana corrió por las escaleras, quería ver a los demás. Le encantaba pasar el tiempo conversando con Nico, Juani y Aldana sobre política, historia, libros y otros temas extraños de los que mucha gente no sabía nada.

Cuando finalmente llegaron a las escalinatas del edificio, Damián pasó a su lado.

—¡Hola! —saludó ella—, nos vemos el viernes.

El chico simplemente la miró, sin decir nada. Le avergonzaba la idea de ser visto con una persona de apariencia tan extraña, tal y como había dicho ella en su primer encuentro.

—¿Quién es ése? —preguntó Tamara, algo confundida.

—El bajista de *Jaque Mate,* esa banda que vimos en el recital de *Dead Jokers.*

—Ah... Seguro —contestó. Su memoria era pésima. Asumió que serían amigos desde siempre y ella no lo había notado. No hizo más preguntas al respecto. Tamara no era curiosa.

Al llegar a la esquina, se sorprendieron al ver a sus amigos esperándolas allí. Milagrosamente, todos habían llegado temprano.

—¡Hermano del alma! —gritó Diana corriendo para abrazar a Juani. Ellos tenían una amistad muy hermosa. Se habían conocido en un local de música. Ambos querían comprar el mismo CD, pero era el último, así que él le permitió quedárselo. Hablaron durante largo rato y se hicieron muy buenos amigos. Tenían tantos intereses en común que solían llamarse a sí mismos *hermanos gemelos.*

—Hola —saludó Tamara apáticamente, como siempre lo hacía.Miraba a su amiga abrazándolos a todos y sonriendo. Le parecía demasiado demostrativa. Un simple *hola* era más que suficiente para ella.

Comenzaron a caminar hacia el restaurante. Diana tomó a Nico de la mano y rápidamente ambos comenzaron a bromear y sonreír. Ella tenía ese efecto en el resto. El chico solía decir que la rubia era su guardaespaldas, porque si alguien intentaba robarles, al verla tan rara saldrían corriendo. Él era un joven extremadamente miedoso, siempre se lo veía preocupado y estresado. Observando por encima de su hombro como si alguien lo persiguiera.

Aldana tomó a Nico de la mano que aún tenía libre.

—Ahora podés ser la envidia de todos los que nos vean —bromeó—. No cualquier hombre es tan afortunado como para caminar tomado de las manos con dos hermosas mujeres como nosotras.

El joven se sonrojó, pero no dijo nada. Las quería mucho y se había acostumbrado a esa clase de comentarios y a todas sus bromas. De hecho, a pesar de ser realmente tímido, sentía que podía abrirse a ellas.

Tamara escuchaba música con sus auriculares, caminando detrás de ellos con Juani, que no dejaba de jugar al Pac-Man en su celular. Un dúo de antisociales.

En realidad, todos eran, a su forma, personas extremadamente solitarias e introvertidas que se habían topado con Diana en algún momento de sus vidas. Ella era diferente a sus amigos, sincera y divertida. Los aceptaba como eran. La querían mucho. Era el lazo que mantenía unido al grupo.

—Tengo hambre —siguió quejándose la rubia, desde que salió de la universidad hasta que tuvo el plato de ravioles sobre la mesa.

—¡Comida! —gritó emocionada, abalanzándose sobre sus ravioles una vez estuvieron servidos. Todos rieron.

Diana siempre estaba hambrienta.

Los temas de conversación durante el almuerzo fueron los usuales. Debates sobre personajes históricos y el típico "¿Qué hubiera pasado si...?". También emitieron opiniones sobre las últimas canciones de sus bandas preferidas y futuros recitales. Nico, Diana y Aldana pasaron un buen rato discutiendo sobre una saga de libros que estaba de moda, mientras Juani y Tamara comparaban dos videojuegos (tema del cual Diana no entendía nada). Todos ellos se consideraban, a su modo, nerds.

Juani amaba los videojuegos y la música, sabía mucho al respecto. Tamara, al igual que Nico y Diana, poseía grandes conocimientos sobre historia mundial. También amaba los videojuegos aunque no conocía tanto como Juani. Nico era como una enciclopedia con patas. Sabia de casi cualquier cosa, pero su especialidad era también la historia. Uno de sus pasatiempos preferidos era ir al teatro. Aldana no se especializaba en nada, pero sabía un poco de cada cosa. Le gustaban los videojuegos, pero nunca los terminaba. Le interesaba la historia, pero sus conocimientos eran bastante limitados. Amaba el teatro y, sin embargo, no había visto demasiadas obras. Amaba leer, pero era extremadamente selectiva a la hora de escoger un libro. Podría decirse que se destacaba en su gran fanatismo por la música. Escuchaba casi cualquier cosa y, rápidamente, aprendía todas las canciones, la biografía de la banda y muchos otros datos menores.

Finalmente, Diana era el nexo entre todos ellos. A lo largo de su vida, había estudiado mucho sobre historia. Amaba el teatro y había sido testigo de cientos de representaciones. La música era su debilidad, podía pasar días enteros sin apagar el reproductor de la computadora, pero jamás aprendía detalles sobre los miembros del grupo ni nada de eso. En ocasiones ni siquiera sabía el nombre de las canciones. A ella le encantaba leer absolutamente cualquier libro, daba igual si se trataba de una biografía, una novela romántica, poemas o cualquier cosa. Lo único que no compartía con sus amigos era la afición por los videojuegos. Era pésima en todos ellos e incluso le costaba bastante utilizar cualquier aparato tecnológico que no fuera su propia computadora. A pesar de esto, si se juntaban en algún lado a jugar, ella no dudaba en unirse para poder reír ante su propia torpeza.

Antes de haberla conocido, ninguno de ellos había tenido verdaderos amigos. Por eso, iban a juntarse aquella noche a planear una fiesta de cumpleaños sorpresa para la joven dragón.

El galpón

La semana había transcurrido sin eventualidades. El viernes llegó velozmente. Damián tendría su primera clase de magia.

Diana miró el reloj. Eran las dos y media de la tarde, estaba llegando tarde. A pesar de la advertencia del bajista, ella quería presenciar el ensayo completo.

Jamás había caminado por aquella parte de la ciudad. Se detuvo en una esquina para preguntarle a un canillita donde se encontraba la calle Tandil. Estaba cerca.

No le costó demasiado reconocer el lugar. Un viejo galpón se alzaba junto a un terreno baldío. El edificio estaba decorado con diversos grafitis superpuestos. Por unos segundos, consideró la idea de golpear para que alguien le abriera, pero se decidió por entrar directamente. Le divertía pensar en la reacción de los chicos.

Le encantaba haber heredado, aunque fuese en parte, la fuerza de los dragones de cielo que le permitió patear la puerta, abriéndola de par en par.

Los cuatro chicos la miraron confundidos.

—Hola ¿es acá dónde ensaya *Jaque Mate*? —preguntó sonriente.

No lo puedo creer. Pensó Damián. Luego, miró a sus compañeros para descifrar sus rostros. Esperaba que no reaccionasen mal. Temía que todos se enfadaran con él. Pero no fue así.

Dany fue el primero en hablar.

—Hola Diana ¿Ese es tu nombre, no? —preguntó, caminando hacia ella— ¿Venís a ver nuestro ensayo? Eso es genial. —La tomó de la mano guiándola al interior del lugar.

—No —se apresuró a interrumpir el bajista—, ella ya se va.

Sus amigos clavaron la vista en él con desaprobación. Diana también lo fulminó con la mirada y luego su expresión cambió fugazmente.

—Lo siento —murmuró con falsa tristeza—, no quise molestar... —Dio media vuelta amenazando con salir.

Mosca la detuvo, tomándola por la muñeca.

—No seas tonta, sos una buena piba, quedate —la animó—, siempre es útil tener un oyente que opine sobre nuestro sonido.

Ella asintió en silencio, fingiendo secarse una lágrima. Luego de haber vivido tantos años, se había acostumbrado a mentir y a actuar frente a los demás para poder conseguir lo que quería.

La voy a matar. Pensó el chico quien notaba con claridad cuando se trataba de una simple dramatización.

—Mañana tenemos una pequeña presentación por la tarde —comentó Faru, que se encontraba en un rincón afinando su instrumento—. Imagino que vas a venir a vernos —la invitó.

—No sabía nada, Damián nunca me avisa —se quejó—, pero si a ustedes no les molesta, me encantaría ir.

Dany le extendió un papel.

—Esa es la información del show. A las seis de la tarde en Infierno, un pequeño teatro al aire libre.

Diana agradeció y se sentó en el piso durante el ensayo. Realmente eran buenos.

—¿Qué te pareció? ¿Alguna crítica constructiva? —preguntó Faru al finalizar.

—Mmm... —murmuró ella pensativa—, el sonido de la guitarra es tan fuerte que tapa mucho la voz de Dany en los temas más lentos —indicó—, y el bajo suena terriblemente aburrido, como su dueño —bromeó. Y todos, a excepción de Damián, rieron.

—Hablando en serio —agregó—, suenan genial. Me encanta especialmente la batería. Siempre quise aprender cómo se usa.

Dany se volteó, sonriéndole a Mosca.

—¿Por qué no le enseñás? Me habías comentado que querías dar clases para ganar unos mangos.

Los ojos de Diana se abrieron llenos de emoción.

—No creo que sea una buena idea —interrumpió Damián. Le preocupaba que la híbrida se entrometiera tanto en su vida.

—Vos no te metás —dijeron el guitarrista, el cantante y la chica al unísono.

—Podría hacerlo, si realmente te interesa —ofreció Mosca—. Pensalo y lo hablamos mañana después de la presentación, así combinamos días y horarios.

Ella asintió.

La banda comenzó a guardar sus instrumentos. Era hora de volver a casa y descansar antes del concierto.

—Nosotros nos vamos a quedar haciendo un trabajo de la universidad —les avisó Damián a sus amigos.

Ellos asintieron en silencio, exceptoDany, quien guiñó un ojo al bajista.

—Seguro, un trabajo. No hagan mucho desorden y limpien lo que ensucien —comentó asumiendo que todos comprenderían el chiste. Diana obviamente no lo hizo, nunca entendía esa clase de bromas.

—Dejate de joder —contestó el bajista—, no todos somos unos pervertidos como vos —agregó al tiempo que sus amigos salían del lugar.

Estaban solos ahora. Comenzaba la primera lección de magia.

Colores

Diana había pasado gran parte del ensayo analizando el lugar, sus formas, materiales y colores. Buscaba ideas para su primera clase de magia.

El galpón era bastante grande, completamente de metal y con ventanas en la parte superior, cerca del cielorraso. Las vigas se entrecruzaban por toda la sección alta de la construcción pero no se veían demasiado resistentes. La pintura de los muros estaba vieja, oxidada y con algunos faltantes. Era un completo desastre. La chica suspiró un poco decepcionada con el espacio y le indicó a Damián que tomara asiento en un viejo sillón cerca de la puerta.

—Ahora, prestá mucha atención a la parte teórica del asunto.

—Lo haré.

—Para realizar cualquier hechizo es necesario concentrar toda tu magia en un solo punto de tu cuerpo. El que necesites. En general se utilizan las manos. Algunos conjuros requieren ambos brazos, otros los ojos o los pies. En mi caso, solo puedo aprender lo que se lleva a cabo con una sola mano. Pero igualmente, una vez que dominás eso, podés seguir aprendiendo por tu cuenta.

Damián levantó su brazo como un alumno de primaria.

—¿Por qué no podés hacer cosas más difíciles? —preguntó— ¿No te da el cerebro o qué pasa?

Ella lo miró, enfadada, pero en cierta forma, estaba esperando aquella duda.

—No soy descendiente pura de la raza de tierra. —Sonrió—, tengo la mitad de las habilidades de cada tipo de dragón.

El bajista asintió en silencio y continuó escuchando.

—Como estaba diciendo, tenés que canalizar toda tu magia en la mano que te quede más cómoda. Al principio vas a necesitar utilizar el conjuro verbal que sirve para focalizar el poder, pero una vez que te acostumbrés, eso ya no será necesario.

—Y... ¿cuál es ese "*conjuro verbal*"?

—Te lo voy a deletrear, anotátelo en la mano o algo —hizo una pausa— J A S T E N S I A M E O R I W O S T A L Y M U P R A. —Diana pronunció letra por letra de aquella difícil palabra.

Él la miraba sorprendido.

—Me estás jodiendo ¿No? ¿En serio pensás que me puedo aprender eso?

—Claro —dijo ella sonriendo—,o lo aprendés, o me mudo a tu casa. Así que seguramente lo vas a memorizar rápido. —Su voz sonó como si se tratara de una asesina de película o algo por el estilo. Daba miedo.

—Lo primero que vas a aprender es cómo cambiar colores, el hechizo más básico que existe —extendió su mano—. El movimiento es sencillo, sirve para casi todos los conjuros simples. — Dobló su muñeca como si estuviese quebrada, apuntando hacia una de las paredes—. Mirá. —Su cuerpo se iluminó de modo casi imperceptible.

Repentinamente el fondo del galpón era rosa.

—¿Tu color preferido? —bromeó Damián, levantando una ceja. Quería ocultar su asombro.

—No, prefiero el rojo. —Sonrió—. El color se escoge simplemente visualizándolo. Es muy fácil, tan sencillo que hasta un inútil como vos lo debería hacer bien.

—Mi turno. —Damián se puso de pie, frente a la misma pared. — jastensiame...... —no podía pronunciarlo. Tomó airé, posicionó su brazo y miró a Diana.

—Dejame que te ayude. —Se compadeció. Movió uno de sus dedos en el aire haciendo aparecer la palabra escrita en verde sobre la pared rosa.

—Tenés un pésimo sentido del gusto.

—Si querés, la borro —amenazó ella sintiéndose ofendida.

—Dejá, es mejor que nada. A ver, va de nuevo. —El chico se posicionó una vez más—. Jastensiameoriostalymupra.

No funcionó. Diana comenzó a reír.

—Sos un desastre.

La escena se repitió durante horas. Damián no era capaz de lograr el cambio. Al comienzo, les pareció chistoso, pero a medida que pasaban los minutos ambos se sintieron frustrados.

—Es tarde. Me tengo que ir —anunció Diana, aburrida—. Seguí practicando. Espero ver resultados para mañana.

Antes de irse, hizo una pequeña travesura.

—Si no podés hacerlo esta noche, me parece que van a tener que cancelar el show de mañana —dijo con malicia y comenzó a mover su mano, volviéndolo todo color rosa: el cabello de Damián, su instrumento, la bandera de Jaque Mate y el sillón—; buena suerte con la tarea. Nos vemos mañana, espero.

Diana desplegó sus alas y se elevó hacia la ventana, riendo como las villanas en las películas. Era escalofriante. La joven consideraba que lo que su amigo requería era tanto motivación como presión.

Esa sería una larga noche para Damián, quien aún estaba mudo y en shock.

Todos poseemos poderes en nuestro interior,
aunque no siempre los despertamos nosotros.
A veces, necesitamos la ayuda
de nuestros amigos.

MUERTE

Octubre. Shanghái.

La reunión no podía comenzar sin la presencia de Roland Feldman, director de la Organización Para la Supervivencia. El hombre solía llegar temprano, apurado, tomar todas las decisiones sin consultar y luego marcharse velozmente.

Kisho, el más anciano de los miembros de la junta, intentó llamarlo, pero no funcionó. Nadie respondía. En el fondo, todos deseaban la muerte de aquel líder dictatorial aunque nadie tenía el valor de admitirlo.

La secretaria de Roland, Mashka, una joven rusa que siempre lucía vestidos largos en distintos colores, decidió ir a buscarlo. Desplegó sus alas y partió volando a gran velocidad. Ella tampoco sentía aprecio por su jefe.

Feldman estaba muerto. A la mujer no le tomó demasiado tiempo encontrar el cadáver en el estacionamiento del edificio, sentado en su auto con los ojos cerrados, como si se hubiera quedado dormido. No se veía en el cuerpo ningún signo de violencia o envenenamiento. Se trataba claramente de un hechizo.

Los dragones de tierra. Pensó Mashka rápidamente, regresando a la sala de reuniones para explicar la situación.

El anciano Kisho tomó la palabra.

—Nuestro líder ha sido asesinado. El culpable posiblemente esté en este recinto. Alguien con los poderes de la tierra. —Miró a los hombres de ojos marrones.

Suspiró y continuó hablando.

—Como todos los aquí presentes saben, al morir un líder, el sucesor debe ser miembro de la raza contraria. Roland Feldman era un dragón de aire, por lo que debemos escoger a un hijo de la tierra —concluyó.

Una mujer de cabello rojizo comenzó a hablar.

—Como miembro de esta organización, propongo que se postulen los candidatos.

Dos hombres se pusieron de Pie.

Dae-Hyun, representante del continente asiático. Un empresario dueño de grandes compañías quien aparentaba tener alrededor de cincuenta años. Vestía un traje grisáceo con corbata negra y llevaba el largo cabello oscuro recogido. Su semblante era serio. Siempre parecía estar enfadado. Se había dejado crecer una angosta pero alargada barba que recordaba a los antiguos retratos orientales del siglo XVI. Lo que más se destacaba era su ojo derecho, más pequeño que el izquierdo debido a una cicatriz que le impedía abrirlo completamente.

Gianni Di Carlo, Italiano. No representaba un continente sino que se trataba de uno de los mayores líderes de la mafia. Su ondulado cabello era dorado y le llegaba casi hasta los hombros. A pesar de ser un dragón de tierra, llevaba siempre lentes de contacto verde. Estaba obsesionado con su imagen. Podía pasar por un humano de treinta años. Siempre vestía con traje blanco y no utilizaba corbata.

—De acuerdo —dijo Kisho, observando a los hombres y preguntándose si alguno de ellos habría perpetrado el crimen—. El próximo líder se decidirá por votación en un mes a partir de hoy. Se cierra la sesión del día.

Todos se pusieron de pie. No había tristeza en el rostro de los miembros de la junta. Les daba igual. Creían que uno de los candidatos era el asesino.

Rosado

Diana se despertó temprano, tenía hambre. Buscó algunas galletitas de agua y volvió a sentarse en la cama. Se preguntaba si Damián habría podido aprender el hechizo.

Que extraño, no me mandó ningún mensaje. Pensó, tomando su celular que había quedado junto a la computadora. Estaba muerto, sin batería. La chica enchufó el aparato para poder encenderlo. El buzón de mensajes estaba lleno de quejas.

00:02 AM

Esto es imposible.

01:26 AM

Cuando te vea te voy a matar.

03:09 AM

Si tenemos que cancelar el show por tu culpa, te mato.

05:48 AM

Vení a ayudarme. No puedo dejar las cosas así.

06:30AM

Dale, vení.

08:14 AM

¡LO LOGRÉ!

Diana sonrió con orgullo. *Sabía que podrías hacerlo, idiota.*

La chica dejó el celular allí y se alistó para salir. Teniendo en cuenta que se trataba de un escenario al aire libre, decidió vestirse un poco más sport. Se colocó medias de red con un short negro por encima. Zapatillas deportivas grises y una musculosa negra de *Dead Jokers* que había comprado a la salida del recital. Luego, recogió su cabello con un broche en forma de calavera. Para cuando estuvo lista ya era hora de salir.

Utilizó el transporte público para viajar sin llamar —demasiado— la atención. Quería llegar temprano para ver el show desde la primera fila.

Le tomó bastante tiempo arribar al predio, fuera de Capital Federal. Era un sitio muy lindo, más amplio de lo que ella esperaba. Parecía profesional.

En la boletería, pidieron que presentara su identificación ya que solo mayores de edad podían ingresar debido a la venta de cerveza. Cuando el hombre a cargo leyó el nombre en su cédula de identidad, le sonrió.

—Me dejaron una entrada gratis para vos —dijo, entregándosela—; agradecele a un tal Daniel.

Ella asintió e ingresó corriendo hasta alcanzar el frente del escenario. Estaba emocionada, quería ver cómo había quedado la bandera con el hechizo de Damián.

Diana esperó allí por casi tres horas. La banda salió tarde.

En esta ocasión se veían más rockeros. Dany llevaba puesto un jean gastado con cadenas a los lados y una musculosa negra lisa. Faru usaba el mismo tipo de pantalón que el cantante, acompañado por una camisa negra a medio cerrar. En el fondo, Mosca vestía únicamente un pantalón oscuro. Aparentemente Damián no había tenido tiempo de regresar a su casa y cambiarse, vestía igual que el día anterior pero con un caluroso gorro de lana negro, a pesar del sol.

El bajista le dirigió una mirada fulminante, llena de odio, antes de comenzar a tocar y ella se preguntó el motivo.

El repertorio había cambiado, iniciaron con un tema que contaba la historia de un crimen, luego continuaron con una canción violenta cuya letra era realmente patética. A esto le siguió un acústico sobre la traición.

Hicieron una pausa.

—Gracias a todos por venir, me llamo Dany y espero que estén disfrutando de *Jaque Mate* —dijo el cantante—. Estamos muy contentos de ver más de doscientas personas entre nuestra audiencia. —Sonrió— ¿Se escucha bien en el fondo?

La multitud gritó afirmativamente.

—Antes de continuar, quería agradecer, en nombre de toda la banda, a una amiga nuestra que se levantó temprano y viajó por casi dos horas para poder llegar y pararse en primera fila. Gracias Diana, la chica de pelo rosa. —Le guiñó un ojo—. Ahora, seguimos con el tema preferido de esta niña. —Sonrió —. *Nunca Más*.

Comenzaron a tocar aquella canción que siempre la hacía llorar. Diana hizo su mayor esfuerzo por retener las lágrimas que ya comenzaban a nublarle la vista.

Al finalizar el tema, el grupo prosiguió con otras dos canciones que la híbrida jamás había oído. No les prestó demasiada atención, aún intentaba dejar de pensar en los recuerdos que despertaba *Nunca Más* en ella.

La banda se retiró del escenario entre gritos y ovaciones. Diana esperó allí unos minutos.

Recibió un llamado.

—Che —dijo Damián de mala gana—, Mosca y Dany dicen que vengas a los camerinos. De donde estás, andá para la derecha y vas a ver a un policía gordo en la puerta. Ya le avisamos que una loca iba a entrar, no vas a tener problemas. —Cortó.

Diana se dirigió rápidamente al sitio indicado.

Ella siempre creyó que ese tipo de lugares tenía más glamour. El camerino constaba de una gran habitación pintada de celeste, en bastante mal estado y llena de grietas. Había un sillón violeta, una mesa con tres sillas desvencijadas y un pequeño baño al fondo.

—Bienvenida fan número uno —bromeó Faru— ¿Disfrutaste del show?

La chica asintió, sonriendo.

Mosca fue el siguiente en dirigirle la palabra.

—Te llamamos por tres motivos —indicó—; primero que nada, Dany tiene algo para vos.

El cantante le extendió un sobre.

—Es una invitación al casamiento de mi hermana mayor, Julia. Me dijo que podía llevar a siete amigos para completar una mesa. Faru va a ir con su nueva chica, Mosca con su hermana que es amiga de Julia, yo posiblemente lleve a una compañera de la secundaria que es casi como mi otro yo, somos muy parecidos, como hermanos. —Sonrió—, y me pareció buena idea que fueras para que Damián no se sienta tan solo. Después de todo, no tiene a nadie más para invitar. Odia a su hermana y no tiene novia, aún. —Le volvió a guiñar un ojo— ¿Vas a venir?

—Claro que sí —contestó sonriente—, me encantaría ir. —Guardó el sobre en su cartera— ¿Qué más querían decirme?

—Respecto de las clases de batería. ¿Te interesaría aprender los viernes a la noche? Sería después del ensayo de la banda. Podés venir a visitarnos y después te quedás una hora extra conmigo —ofreció Mosca.

—Me parece una buena idea —asintió ella, estrechando la mano del baterista—. Si empezamos este viernes ¿tengo que comprar algo?

El chico negó con la cabeza. —Por ahora no. Si realmente te gusta, después te acompaño a comprar tu propia batería.

Diana asintió.

—¿Qué es lo último?

Damián se apuró a hablar.

—Solo querían reírse de mí un rato.

Ella no entendía nada.

—Les parece chistosa la apuesta que perdí ayer —agregó él.

La chica guardó silencio, sabía que estaba mintiendo y prefirió dejarlo continuar.

—Dicen que es muy divertido que me hayas obligado a teñirme el pelo de rosa hasta mañana por haber fallado en mi parte del trabajo de la Universidad —finalizó.

Cuando Diana entendió lo que sucedía, no pudo evitar reír a carcajadas. El bajista se había esforzado tanto por arreglar la bandera y el sillón que olvidó totalmente su cabello, especialmente siendo que no había espejos en el galpón.

—Lo siento, pero el trato era tocar sin gorro —agregó con malicia, disfrutando la situación.

Le quitó la gorra de lana y tuvo que cubrirse la boca. Los ojos se le llenaron de lágrimas por la risa.

—Te queda bien —mintió.

—Hasta parecen hermanos —canturreó Faru. Y rápidamente tomó una foto con su celular—. Esto va para la página de *Jaque Mate*.

Todos rieron, menos Damián.

—Me voy a casa —anunció de mal humor. Se sentía terriblemente avergonzado.

Guardó su bajo en la funda y salió por la puerta. Diana lo siguió, saludando al resto con un rápido movimiento de su mano.

Capítulo VI

Mi abuela y yo pasamos el siguiente siglo rondando por todo el continente Americano. No sabíamos a dónde ir ni poseíamos un objetivo. Habíamos perdido todo lo que nos mantenía atadas a un hogar, nos teníamos solamente la una a la otra.

Viajamos desde Canadá hasta Buenos Aires en reiteradas ocasiones, recorriendo los más exóticos pueblos que jamás haya visto. Durante este tiempo aprendí francés e inglés a la perfección, así como también un poco de portugués.

Al principio, nos fue fácil pasar por humanas ya que mi crecimiento era el de una niña normal, pero cuando cumplí veinte años eso dejó de ser así ya que mis poderes terminaban de despertar. Desde ese entonces, mi cuerpo envejece a un ritmo inmensamente más lento que el de las personas. Era un problema.

El viaje por tierra era duro y casi tan peligroso como volar, sin embargo, yo no quería volver a utilizar mis alas luego del accidente y Mary había perdido las suyas.

De estos años de mi vida lo que puedo rescatar cómo inmensamente enriquecedor fue la posibilidad de atestiguar varias de las revoluciones iniciadas en América contra el imperialismo europeo. Lamentablemente, ha pasado ya tanto tiempo de esto que en mi memoria se confunden fechas y nombres que no sabría reconocer.

Cuando alcancé mis primeros cien años, Mary decidió que ya era hora de conocer otros continentes. Me negué rotundamente a la idea de abandonar mi hogar y la despedí en el puerto de Cartagena.

Estaba sola, así que opté por establecerme en mi ciudad preferida, Buenos Aires. No entendía exactamente qué tenía de atractivo el lugar, pero había algo allí que me hacía sentir bien, realmente viva.

Por primera vez en muchos años, desplegué mis alas. Una mujer no debía viajar sola por tierra, era peligroso, especialmente cuando yo aparentaba tener solo veinte años.

Fue una larga jornada de casi semana y media hasta que logré aterrizar en las afueras de San José de Flores, por ese entonces alejado de la capital. Allí pedí alojamiento a una familia muy religiosa que no pudieron negarle un favor a una pobre chica que no tenía donde pasar la noche.

Residí en ese hogar hasta fines de 1861 enseñando francés a Joana y Mariana, las hijas de mis anfitriones, hasta que la niña mayor contrajo matrimonio. Allí aprendí a hablar como los locales, con sus modismos y entonación.

Cuando consideré que estaba lista, me dirigí a la zona del puerto. La ciudad allí era mucho más grande que cualquier otra que yo hubiese visto. Me sentía parte del paisaje.

Algo que debo aclarar, porque seguramente es difícil de comprender, es mi fuente de dinero. La Organización Para la Supervivencia otorga a todos los descendientes de dragones huérfanos una especie de subsidio muy alto hasta el momento en que contraen matrimonio, aproximadamente entre los quinientos y seiscientos años. Se trata de un acuerdo tácito por el cual la comunidad les regala el poder a los líderes, sin cuestionar sus decisiones y métodos, a cambio de poseer dinero para vivir decentemente la primer parte de nuestras vidas.

Continuando con mi historia, una vez en Buenos Aires decidí que lo mejor sería comprar una pequeña casa en la zona céntrica; después de todo, quería quedarme tanto tiempo como pudiera.

Reencuentro

Había pasado ya una semana desde la última vez que Diana había visto al bajista de *Jaque Mate*. Desde ese día, él había hecho todo lo posible para evitar encontrarse con la chica en la Universidad y tampoco respondía llamados o mensajes. Estaba realmente enfadado y ella lo sabía, quería disculparse apropiadamente y no había tenido la posibilidad.

La tarde del concierto ella siguió a Damián por los aires hasta llegar a su casa, donde esperó pacientemente hasta medianoche para poder aproximarse y golpear la ventana del cuarto. Al verla, el chico simplemente encendió el televisor a todo volumen, ignorándola hasta quedarse dormido. Diana esperó allí por casi dos horas, convencida de que en algún momento él se calmaría lo suficiente como para hablar. Sin embargo, no fue así.

Varios días más tarde, el viernes, finalmente volverían a verse. Ninguno estaba preparado emocionalmente para aquel encuentro.

Por un lado, Damián ya no sentía enojo, pero de todas formas no lograba perdonarla. Nunca se había sentido tan humillado en su vida. Él sabía que parte de la culpa recaía en sí mismo aunque su orgullo no le permitía admitir aquel desliz. Sí, era un tonto por haber olvidado que tenía el cabello rosa. Pero no hubiese existido ningún problema si ella lo hubiera dejado de su color natural desde un principio.

Por el otro lado, Diana estaba preocupada. Se sentía enteramente responsable por lo ocurrido. Ella acostumbraba a bromear con la gente y le parecía divertido molestar al bajista debido a sus reacciones, pero en esta ocasión había ido demasiado lejos, hiriendo los sentimientos de alguien que ella consideraba un buen amigo. ¿Qué debía decirle? ¿Damián la perdonaría? No existía certeza alguna. Quizás jamás volvería a hablarle.

El ensayo había comenzado ya. El bajista tenía sentimientos encontrados; estaba aliviado al no verla allí y, al mismo tiempo, preocupado por haber sido tan rudo con la chica que, claramente, no tuvo intención de lastimarlo de esa forma.

No podía concentrarse, no coordinaba con el resto de la banda y las notas sonaban realmente desafinadas.

—Okay, esto es demasiado. No se puede ensayar así —reprochó Dany— ¿Qué carajo te pasa?

—Seguís enojado con Diana ¿verdad? —preguntó Mosca, quien sabía que la chica había intentado comunicarse con Damián—. Che, durante la semana me llamó tres veces para preguntarme si estabas bien porque no le respondías. Ella está preocupada.

Todos observaron a Damián con desaprobación. Él se limitó a bajar la cabeza en silencio.

—No es justo para la chica —agregó Faru, mientras abría un paquete de galletitas—; sabés perfectamente que no tenía malas intenciones.

—Lo sé —murmuró finalmente el bajista, releyendo todos los mensajes que Diana había enviado durante la semana. Luego, se mordió el labio inferior—. Voy a preguntarle si viene a su clase de batería.

Marcó el número.

Los chicos intercambiaron miradas de asombro cuando oyeron un teléfono celular sonando a todo volumen, fuera del galpón. Un acto reflejo hizo que la banda completa corriera hacia el frente del edificio para abrir la puerta. Se trataba del inconfundible tono de Diana, *Mobscene* de *Marilyn Manson*.

Allí estaba ella, sentada en el cordón de la vereda. Llevaba puesto un vestido negro muy sencillo y se abrazaba a sus rodillas, sollozando. No los había visto y, al tener su mp3 a todo volumen, tampoco los había oído.

Dany empujó a Damián al frente.

—Che —dijo, posando una mano sobre el hombro de la híbrida. No sabía qué decir. No encontraba las palabras adecuadas.

Sin voltearse, la chica se quitó los auriculares y contestó—. Seguí ensayando. Yo voy a esperar para entrar a tomar mi clase de batería cuando ustedes se vayan.

El bajista era realmente pésimo frente este tipo de situaciones, por lo que Mosca se adelantó.

—No seas pelotuda, vení que te estábamos esperando.

—Es verdad —agregó Faru, sonriente—. Damián no puede concentrarse cuando no estás —bromeó sabiendo que eso haría sonrojar a ambos.

Diana se puso de pie y se limpió la cara con un pañuelo de papel que llevaba en su mano derecha. Se sentía realmente feliz de saber que era importante para ellos.

Tomó aire y sonrió. Su estado de ánimo cambió con la velocidad de un flash.

—¿Qué están esperando manga de vagos? —preguntó, intentando sonar tan alegre como siempre—. Si no ensayan van a tocar mal en el próximo recital.

Todos se alegraron de verla tan enérgica y obedecieron. Exceptuando Damián, quien esperó hasta que sus amigos estuviesen demasiado lejos como para oír.

La mirada del bajista se cruzó con la de Diana.

—Lo siento —murmuraron al mismo tiempo.

Ella extendió su mano, como lo había hecho el primer día.

—Es un placer ser tu amiga.

Él estrechó la mano de Diana.

—Es un placer ser tu alumno.

Todo volvía a la normalidad, ya no habría rencores.

—Pasame un vaso de agua —pidió el bajista a su amiga—. Y, si podés, alcanzame el cuaderno que dejé sobre la mesa.

—Sí, mi general —contestó la chica, llevándose una mano a la frente como si acatara una orden militar—. Heil Damián. —Imitó un saludo nazi cuando le entregó los objetos.

—Quien diría que teníamos a otra nerd en el grupo —comentó Dany, sorprendido—. Ustedes sí que se parecen mucho. En general, es él quien menciona referencias históricas todo el tiempo. —Señaló al bajista.

A Damián no le agradaba ser llamado nerd, aunque sabía que lo era. Pasaba gran parte de su tiempo libre leyendo libros de historia y mirando documentales. Diana también.

Ella esbozó una amable sonrisa.

—Eso es genial —admitió. Nuevamente, cambió su tono de voz y continuó la representación—. Ahora batallón, comiencen con el entrenamiento o los mando a pelar papas todo el domingo.

—Sí, general —contestaron a unísono.

La banda continuó ensayando muy animadamente. Los instrumentos sonaban armónicos y los músicos ya no discutían entre ellos.

Diana tenía ese efecto en todos sus amigos, quienes se alegraban cuando estaba presente; era algo así como un amuleto que atraía el buen humor.

Primera lección

Todos se habían marchado a excepción de Mosca y su nueva alumna, a quien se la veía un poco nerviosa y, al mismo tiempo, emocionada.

En un comienzo, Diana le tenía miedo al chico debido a su aspecto rudo. Medía casi dos metros, era musculoso y tenía los brazos totalmente tatuados. Sin embargo, Mosca era posiblemente el más inofensivo de la banda.

Durante la semana, ella había recurrido a él en reiteradas ocasiones, descubriendo en el baterista a una persona extremadamente sensible y razonable. No solo la había escuchado, sino que también le aconsejó y dio ánimo amigablemente a pesar de ser casi una desconocida para él. Las largas conversaciones telefónicas habían enseñado a Diana mucho sobre aquel muchacho.

El pelado movió una silla junto a la banqueta de la batería, indicándole a su amiga que tomara asiento.

—Primero que nada, quiero que sepas que yo no soy un profesor tradicional. Amo a mi instrumento. —Sonrió—. Ensayo desde que tenía doce años —añadió con orgullo—. Desde mi punto de vista, tenés que sentir la batería. Tocar con el corazón, y no leyendo partituras ni esas estupideces.

La chica asintió con un movimiento de su cabeza.

—Ella se llama Venganza, —acarició el platillo como si se tratara de una persona— y es exactamente igual a mi primera batería en cuanto a modelo y marca. Vos vas a ser la primera persona autorizada para utilizar mi instrumento.

—Me siento halagada.

—Comencemos. —Le entregó a la chica un par de palillos—. Hoy no vamos a hacer mucho. Quiero que te familiarices con Venganza —explicó—. Me gustaría que intentaras tocar el instrumento hasta que tu corazón memorice los sonidos.

Así lo hizo. Al principio los golpes eran toscos e inseguros, pero a medida que pasaba el tiempo, Diana se sentía más capaz. Reconocía el tipo de sonido que emitía cada tambor y platillo, pudiendo así crear ritmos simples.

—Aprendés rápido —la felicitó Mosca al finalizar la clase—. Fijate que tenemos algunas latas de gaseosa y cerveza en la heladera. —Señaló un pequeño cubo blanco que ella no había notado anteriormente—. Tomá lo que quieras. Ser baterista puede agotarte muy fácilmente.

—Gracias ¿vos querés algo?

El pelado negó con la cabeza y se sentó en el viejo sillón.

—Quería preguntarte una cosa. —Sacó un papel de su bolsillo—. Estoy intentando escribir una canción para la banda, pero no me gusta cómo va quedando.

—Dejame ver eso. —Se acomodó junto a su amigo y comenzó a leer.

La tristeza mata,
mata, mata, y sigue matando;
acuchilla y desangra,
atraviesa y lastima.
Triste estoy desde tu partida,
he muerto incontables veces,
sin encontrar una solución.
La tristeza mata,
mata, mata, mata
hasta que yo logre
matarte a vos.

—A mí me gusta —mintió Diana—. Es un poco deprimente y violenta, pero está copada —admitió la híbrida—, capaz podés intentar agregando nuevas estrofas, así no repetís el estribillo tantas veces —recomendó.

—Es una buena idea. Por cierto, Gracias. —Sonrió—. Gracias por ser tan buena amiga. Damián realmente necesitaba conocer a alguien como vos; alegre y sincera. Él es bastante tímido e introvertido y, aunque no quiera admitirlo, se nota que también está feliz. Sonríe mucho más seguido ahora. Gracias.

Diana no pudo evitar sonrojarse un poco.

—Yo también estoy contenta de haber conocido a alguien que se parece tanto a mí —confesó, haciendo referencia a su ascendencia.

El chico miró su reloj.

—Podés irte, yo tengo que limpiar a Venganza.

—Dale, nos vemos la semana que viene —lo saludó y se fue.

El PACTO

El teléfono comenzó a sonar en la oficina del empresario. Era extraño que su secretaria transfiriera una comunicación sin avisarle previamente. Debía tratarse de un tema importante.

—Oficina de Dae-Hyun.

—Buenas tardes compañero —dijo el italiano. Era muy fácil reconocer su acento.

—¿Qué quieres? —preguntó enfadado. No confiaba en aquel hombre.

—Tranquilízate —pidió amablemente Di Carlo—. Quería proponerte un juego.

—Te escucho.

—Dentro de veintisiete días, el futuro de todos los dragones del mundo dependerá de uno de nosotros. ¿No te parece un poco tonto el tema de las elecciones? El más capacitado debería ser escogido —hizo una pausa—. Quién siga vivo el día de la votación, será el ganador. Eso demostrará quién es más sabio y fuerte. Buena suerte

—cortó sin darle tiempo a contestar. El asiático estaba preocupado.

Ambos podían jugar muy sucio, después de todo, anhelaban poseer más poder.

El morocho se puso de pie y observó por la ventana el paisaje de la ciudad. No tenía más opción que participar de esta sangrienta contienda. Era consciente del riesgo que implicaba, pero también sabía que él era mágicamente más poderoso.

Dae-Hyun tenía ya mil diecisiete años y era capaz de manejar hechizos mucho más poderosos que el italiano. Pero había un detalle que le asustaba, la mafia. En pocas horas un grupo de hombres, humanos y dragones, comenzaría a perseguirlo. Era peligroso quedarse en Corea, donde lo hallarían en cuestión de tiempo.

Buscó en un cajón de su escritorio el pasaporte falso cuya foto se distanciaba más de su apariencia real. De ahora en más seria Rodrigo Ferreira, Chileno. Cubrió su cuerpo con una ilusión que simulaba a un latinoamericano de rasgos comunes. Piel oscura, ojos marrones, cabello negro y ropa colorida. Eso debería ser suficiente para salir del país.

Avisó a su secretaria que realizaría un viaje y tomó un taxi al aeropuerto. Próximo destino, Chile.

Capítulo VII

El primer paso cuando arribé a la ciudad fue falsificar una carta escrita por mi supuesto padre donde se adjuntaba el dinero suficiente para comprar una pequeña propiedad de dos plantas al norte de la plaza central.

La casa tenía clara influencia de arquitectura francesa tanto en el exterior como en el interior. Todas las habitaciones habían sido adornadas con diferentes empapelados y acompañadas por muebles escogidos especialmente para cada cuarto. Bastante rococó.

En la planta baja, había una pequeña cocina, una sala de recepción y el baño; mientras que en el piso superior se encontraba mi habitación, una pequeña biblioteca vacía y otro baño de mayor tamaño. Era un sitio pequeño, pero muy acogedor.

Mi hogar estaba siempre vacío. No conocía a nadie en Buenos Aires, estaba sola y a muchos les resultaba extraño que a mi edad viviera por mi cuenta. En aquellos días no tenía la posibilidad de estudiar o trabajar. Mi único pasatiempo era la vida social: asistir a festividades, representaciones teatrales, bailes en el Club del Progreso y eventos privados para intentar hacer amigos superficiales.

Por ese entonces, mi apariencia no era como hoy en día. A pesar de verme como una joven de dieciséis años, era considerada ya adulta. Llevaba mi largo cabello rubio siempre recogido y lucía elegantes vestidos con los respectivos zapatos del mismo color.

Pasaba mis tardes leyendo o caminando por la ciudad, en general sola, otras veces acompañada por alguna conocida.

La mayor parte del tiempo solía recorrer los mismos lugares de los que nunca me cansaba. A diferencia de mi pueblo natal, Buenos Aires era una ciudad con calles extremadamente limpias gracias al empedrado que evitaba la formación de barro en días de tormenta.

Pasadas las seis de la tarde, la ciudad se iluminaba con faroles a gas que le daban un aspecto sumamente inglés, indicando que era tiempo de volver a casa.

Una tarde, ya por 1881, una vecina llamada Rosita Lamonte sugirió que fuéramos a una cafetería donde le habían contado se reunía un grupo de hombres de letras, artes y literatos a debatir sobre diversos tópicos. Sonaba interesante y atrayente, pero era poco usual que dos chicas se aventuraran a un lugar de ese estilo. Sabía que nos mirarían con desconfianza y repudio, e igualmente accedí. No teníamos nada que perder.

El lugar se llamaba Café Tortoni y aún existe en Buenos Aires, aunque intento evitar pasar por allí en la actualidad. Esa es una parte de la historia que contaré más adelante.

Capítulo VIII

Haré un alto aquí para que puedan tener un panorama de aquel sitio donde el tiempo se ha congelado. El café que no ha cambiado nada en un siglo.

Tortoni es un establecimiento grande, decorado en tonos ocre con luz amarillenta. De sus paredes cuelgan diversos marcos con fotografías, dibujos, cuadros y afiches desde el año de su fundación hasta la actualidad.

Las mesas son pequeñas, en su gran mayoría para dos personas. Las mismas se ven interrumpidas por varias columnas dispersas por el recinto.

La barra ocupa casi por completo el costado izquierdo del salón principal.

Un detalle que llamó mi atención desde el comienzo fue la hermosa decoración del gran tragaluz central que permitía el ingreso de iluminación natural, bañando con un halo angelical las mesas centrales.

No podía creer lo que veía, jamás había entrado en un sitio tan mágico como ése y tampoco esperaba encontrarme con un lugar de ese estilo en Buenos Aires.

Como supusimos, los hombres reunidos allí nos observaron con mezquindad, preguntándose que hacíamos nosotras allí.

Nos sentamos debajo de la luz natural en silencio. Quería irme de allí, me sentía realmente incomoda, pero antes que pudiese decirle esto a mi amiga, un mozo se acercó amablemente.

Su nombre era Luis, tenía el cabello de un color miel que no llegaba a ser rubio pero tampoco morocho. Sus ojos eran marrones y media mucho más que nosotras. Pero no daba miedo, era extremadamente delgado y su sonrisa angelical. Quizás, gracias a la luz natural.

Dulcemente, nos preguntó si esperábamos a alguien o si queríamos ordenar algo. No conocíamos el menú, así que preferimos dejar que él nos sirviera lo que considerase más adecuado para nosotras, su recomendación personal.

Rosita era muy poco discreta, quería saber quiénes eran aquellos hombres reunidos en las distintas mesas. Creo que intentaba cazar a alguno de ellos para conseguir novio o esposo. Me daba igual, yo simplemente me lamentaba no haber llevado un libro conmigo porque aquel ambiente era el ideal para leer.

Cuando Luis regresó, mi amiga le preguntó directamente por los nombres de aquellas personas que parecían debatir acaloradamente en la otra punta del recinto.

Aparentemente se trataba de un escritor local cuyo nombre no recuerdo y un grupo de amigos suyos, franceses que estaban visitando nuestra ciudad.

A mi amiga se le dibujó una amplia sonrisa. Ella soñaba con casarse con un parisino e irse a vivir a Europa con él.

Nos quedamos allí por casi dos horas intentando escuchar la conversación de los hombres que se marcharon repentinamente en medio del debate.

Pagamos la cuenta y nos alistamos para irnos a nuestros hogares ya que comenzaba a anochecer. Luis nos detuvo. Dijo que me había visto salir de mi hogar un par de veces y que podríamos esperarlo así nos escoltaría al barrio. Era muy caballeroso. Aceptamos cortésmente su ofrecimiento y permanecimos allí un rato más.

Al salir, caminamos primero hasta el hogar de Rosita que no era lejos del Tortoni y luego, proseguimos la caminata hacia mi hogar.

Luis era un chico realmente interesante.

DESAYUNO

Diana cerró el archivo donde escribía su libro y secó algunas lágrimas que comenzaban a asomar de sus ojos. Sería difícil continuar escribiendo.

Miró el reloj. Eran las ocho de la mañana. Había estado recordando y escribiendo toda la noche. Afortunadamente, era sábado y no tenía que ir a la Universidad. Estaba por quitarse la ropa cuando recordó algo. Había prometido a Tamara que irían a visitar el Museo Nacional de Ciencias Naturales Bernardino Rivadavia al mediodía. Sí, tenía un nombre largo y aparentemente, era muy popular aunque ninguna de ellas sentía interés alguno por ese tipo de colecciones naturales.

Encendió la tele para ver el pronóstico. Llovería por la tarde, eso significaba que debería utilizar el transporte público. Si bien no le agradaba esa idea, se veía en la obligación de acompañar a su amiga como había prometido.

Se calzó un par de botas gastadas, pollera cuadrillé, remera con la leyenda "*I hate the world*" y campera deportiva. Todo en color negro con detalles blancos. Buscó su cámara fotográfica y la guardó en el pequeño bolso de Queen que siempre llevaba cuando tenía que cargar con la cámara. Estaba lista.

Aunque era temprano, Diana envió un mensaje a Tamara para pedirle que no llegue demasiado tarde. Enseguida, recordó que la casa de Damián quedaba relativamente cerca de aquel museo. Lo llamó.

El bajista de *Jaque Mate* despertó, alarmado por el sonido del celular.

¿Quién carajo llama un sábado antes de las nueve de la mañana? Pensó.

—¿Hola? —en su voz se notaba el sueño.

—Che, estoy aburrida y tengo que ir a Parque Centenario en un rato ¿puedo pasar antes por tu casa?

—Hacé lo que quieras —dijo, aún tan dormido que no tenía idea de lo que ocurría. Colgó y siguió durmiendo.

Diana se alegró al oír aquello y, en una hora, estaba ya frente a la puerta de la antigua casona perteneciente a la familia del bajista.

Tocó el timbre y no hubo respuesta. Le pareció extraño. La chica se aseguró de que nadie estuviera observando y voló hasta la ventana de su amigo. Golpeó varias veces hasta que Damián despertó sobresaltado. Ella le sonrió a través del vidrio mientras que él buscaba su teléfono. La llamó.

El celular de Diana comenzó a sonar.

—Hola bello durmiente.

—¿Qué hacés acá? —preguntó él, confundido. Había olvidado el llamado anterior. Pensó que se trataba solamente de un sueño.

La joven dragón explicó el motivo de su visita y le pidió que abriera la ventana.

—Preferiría que bajaras. Estaré en la puerta enseguida —pidió el bajista mientras se frotaba los ojos con su mano libre.

—¿Por qué? —insistió ella.

Damián se ruborizó levemente.

—Es que duermo en calzoncillos. No voy a levantarme para abrirte la ventana.

Sin decir nada, la chica guardó su celular y obedeció, algo avergonzada.

Como lo había prometido, el chico no tardó demasiado en atenderla. Se había colocado un pantalón deportivo azul y una musculosa blanca.

—Hola.

—Vine a desayunar con vos. No pude dormir anoche, y en un rato me encuentro con Tamara en el museo de animales, así que como no tenía nada que hacer, pensé en pasar a visitarte. —Le dedicó una sonrisa—. Traje facturas.

—Sos muy molesta —contestó él sin ánimos de ofenderla—, a ver... pasá —la invitó— ¿Qué querés tomar?

—¿Tenés yerba para preparar mate? —A Diana le encantaba desayunar con mate sin azúcar.

—No, no me gusta.

—Emm... entonces una chocolatada.

Damián asintió, guiándola a la cocina.

—No tomás cosas normales como té o café ¿verdad?

Ella hizo un gesto negativo.

—Lo supuse, sos demasiado rara como para que te guste algo tan clásico como el té.

La chica rió suavemente mientras buscaba con la vista un plato para colocar las facturas.

—¿Dónde está tu familia? —preguntó al notar que se encontraban solos en la propiedad.

—Salieron. No estoy seguro. Iban a pasar el día en el Tigre, creo. No me interesa usar mis fines de semana en compañía de ellos.

A Diana no le agradó el comentario.

—Sabés... —comenzó a decir—, deberías estar con ellos la mayor cantidad de tiempo que puedas. —Sus ojos se humedecieron levemente. Recordar el pasado era doloroso.

El chico la miró confundido y algo preocupado. Dejó las bebidas a medio preparar y puso una mano sobre el hombro de la Diana, intentando reconfortarla un poco. No le gustaba verla triste, especialmente cuando él estaba acostumbrado a su lado molesto y sonriente.

—¿Estás bien?

La joven dragón asintió en silencio con un movimiento de cabeza.

—Es solo que yo no supe aprovechar del tiempo con mis padres. Ellos murieron cuando yo era chica. Los extraño mucho y me arrepiento de no haber disfrutado más de su compañía. —Se mordió el labio, incapaz de contener las lágrimas. Abrazó a Damián.

—Quizás tengas razón —comentó—, pero asumo que lidiaré con las consecuencias en el futuro, porque ahora mismo no quiero relacionarme mucho con mi familia. —La abrazó—. Dejá de llorar, tonta. Guardó silencio mientras reflexionaba al respecto—. ¿Habías hablado de esto con alguien más?

Ella negó con la cabeza.

—Nadie me creería —murmuró —; comencé a escribir al respecto y mi mejor amiga piensa que es ficción.

—Entonces —comentó él, dándole unas palmaditas amistosas en la cabeza—. ¿Por qué no me mostrás ese texto a mí? Yo te creo, me gusta leer y me encanta la historia. Podés compartir ese tipo de cosas conmigo. No pienso que estés *tan* loca.— Resaltó la palabra "*tan*" y le dedicó una sonrisa. Luego, se alejó para seguir preparando el desayuno—. Sos la única dragón que conozco, así que no tengo nadie más con quien hablar sobre todo lo que refiere a esta herencia.

El rostro de Diana se iluminó. Se secó las lágrimas y asintió.

—Tenés razón. Sos el mejor amigo que podría desear. A vos puedo contarte cualquier cosa y no vas a pensar que estoy chiflada.

Era su turno de bromear.

—Estás loca. Ambos lo sabemos. Pero igual sos mi amiga y, aunque odie admitirlo, tus estupideces suelen ayudarme a estar de mejor humor.

—Pensé que te molestaba.

—No me malinterpretés. Me molestás muchísimo. Pero al mismo tiempo, sos tan insoportable que me divierto. No sé cómo explicarlo. Pero la cuestión es que sos realmente molesta y eso me hace bien anímicamente.

La chica bebió un sorbo de su chocolatada.

—¿Estás seguro de que yo soy la loca? Ese comentario no tiene ningún sentido.

—Callate —dijo él de mala gana. Ahora ambos sonreían y bromeaban alegremente.

Pasaron la mañana hablando acerca de distintas características de los dragones y su influencia en la historia mundial; mientras jugaban a cambiar los colores tanto de las facturas como las tazas que cada uno estaba utilizando.

Cuando el mediodía se acercaba, Diana recibió un llamado de su amiga que estaba ya en camino al museo.

—¿Por dónde andás vos? —preguntó Tamara.

—Estoy desayunando con Damián ahí cerca.

—¿En serio? ¿Te quedaste a dormir ahí anoche o qué? Vas a tener que darme una buena explicación, —hizo una pausa para reír —. Escúchame, más te vale traerlo al museo así me lo presentás. Estaré por ahí en quince minutos.

—¿Qué? ¡Estás pensando cualquier cosa!

Pero era demasiado tarde, su amiga ya había cortado. El bajista rió por lo bajo.

—No hay problema, las puedo acompañar, así tu compañera se saca todas las dudas y deja de pensar ridiculeces.

—¿Escuchaste nuestra conversación?

—Sí, me olvidé de contarte. Hace ya una semana más o menos que estoy escuchando mucho mejor. Debe tener algo que ver con la magia y todo eso. Es muy útil a veces —confesó Damián—. Ahora esperame acá un minuto que voy a vestirme.

Salió de la habitación.

A Diana le gustaba ayudar así que utilizó su magia para dejar la cocina impecable.

BERNARDINO RIVADAVIA

Por primera vez en mucho tiempo, Tamara había llegado a horario y, no solo eso, sino incluso antes que su mejor amiga. La chica se preguntaba si Diana andaba en algo raro con aquel muchacho. No quería imaginarse el motivo de su retraso.

Ewww Se dijo a si misma con asco, suponiendo lo peor.

Miró hacia su izquierda y allí venían ambos, caminando velozmente.

—Perdoname —se disculpó la dragón, casi sin aliento—. Él es Damián y ella es Tamara —los presentó.

—¿Por qué querían venir a un museo? —preguntó él, con curiosidad—. O sea, yo sé que estudian restauración, pero eso no se aplica a las ciencias naturales ¿no?

Su pregunta era lógica.

—No lo conocíamos —respondió Tamara con su usual apatía.

El Museo de Ciencias Naturales Bernardino Rivadavia era impresionantemente ecléctico. Muchas de las salas de exposición mantenían un estilo antiguo, con pesadas vitrinas de roble y gruesos vidrios. Otras tantas secciones eran totalmente modernas, con paredes de colores, pantallas y juegos para niños.

Diana pasó gran parte de la visita tomando fotografías, no solo de la exposición, sino también de sus amigos cuando estaban distraídos.

Tamara caminaba velozmente prestando poca atención a todo lo que no pareciese increíblemente costoso o extraño, Damián caminaba despacio con sus auriculares puestos, sin darle importancia a nada. Diana, en cambio, se paraba frente a cada una de las vitrinas y leía todos los carteles.

Cuando llegaron a la sección de paleontología, los tres abrieron los ojos sorprendidos por el tamaño de un esqueleto de dinosaurio que ocupaba gran parte del recinto.

—WOW —exclamó Damián por primera vez. Luego hizo una señal a Diana para llamar su atención—. Mirá podría ser tu tátara abuelo —bromeó.

A la chica no le agradó el chiste.

—Yo creo que es más bien el tuyo, especialmente porque tiene dientes enormes. Mis ancestros más antiguos están en un museo de Finlandia.

Tamara los miró, confundida.

—¿Él también está leyendo ese cuento que escribías?

—Aún no —contestaron los dragones a unísono.

El chico se preguntaba el motivo por el cual Diana no le mostraba sus alas a quien consideraba su mejor amiga. Supuso que tendría miedo a ser rechazada o expuesta.

No hubo nada más que llamara la atención del grupo en el primer piso. Subieron por las escaleras para encontrarse con la sala de insectos y arácnidos. Tamara no sentía interés alguno por aquella temática y siguió de largo en dirección a la sala siguiente. Diana pasó un buen rato observando las arañas.

—¿No te asustan como a las mujeres normales? —preguntó Damián intentando ocultar su propio miedo.

Ella negó con la cabeza.

—¿Y a vos? Pareciera que sí, por la cara que ponés cuando mirás las vitrinas —rió—. No te preocupés, no te voy a decir a nadie. —Se cubrió la boca para evitar reír demasiado fuerte.

Al bajista le molestaba que alguien pensara que él era un cobarde; sin contestarle a su amiga, continuó caminando siguiendo el rumbo de Tamara. Diana lo siguió para no quedarse atrás.

—¿Aves? —preguntó Damián observando la oscura habitación llena de coloridos dioramas.

—Yo leí sobre esta sala en Internet. Es genial —comentó Tamara, acercándose a una sección referida a la Patagona—. Hay botones por todos lados que, cuando los apretás, podés escuchar cantar a cada pájaro.

—¿En serio? —Diana sonrió cual niña pequeña, corriendo emocionada hacia la vitrina más cercana.

Comenzó a pulsar todos los controles e interruptores que encontró a su paso causando una intolerable mezcla de sonidos.

—Parece una nena de cinco años —comentó Damián a la otra chica.

Ella asintió con la cabeza.

—Así es Diana, siempre reacciona de esta forma cuando algo llama su atención.

Ambos sonrieron mientras esperaban que su amiga terminara de oír a las aves.

El recorrido por el segundo piso fue un poco más interesante, pero no era su clase de museo.

—Yo creo que es tétrico —afirmo Tamara cuando se encontraban fuera del edificio.

Sus amigos la miraron sin comprender.

—O sea, cientos de animales muertos colocados en cajas de vidrio, es como ir al museo de la morgue o algo así.

—Nunca lo hubiera pensado de esa forma —contestó Diana, pensativa—. Me encanta tu mente retorcida —agregó sonriente—. Es súper interesante cuando hacés comentarios de ese estilo.

—Me hacen sentir raro entre los raros. —Damián se encogió de hombros.

—Es verdad —respondió la dragón—. Sos un ridículo que usa aburridos jeans con una camisa azul pasada de moda. Los raros como nosotros se visten de negro.

Los tres rieron hasta que, repentinamente, comenzó a llover. Se despidieron y cada uno emprendió el viaje de regreso a su hogar.

Había sido un día interesante.

CONTACTOS

Dae-Hyun sabía que era necesario actuar. Escapar no serviría de nada. Su enemigo lo encontraría tarde o temprano.

La primera etapa de su plan acababa de concluir con la creación de toda la documentación necesaria para falsificar una vida distinta. El coreano era ahora un ciudadano chileno divorciado y desempleado que vivía en un pequeño departamento cerca del Cerro Santa Lucia en Santiago de Chile.

Había llegado el momento de iniciar la segunda parte. El contraataque. Sus contactos políticos se encargarían de rastrear a Di Carlo y asesinarlo. Varios gobiernos alrededor del mundo competirían por matar al dragón. Algunos países le debían dinero y favores a la empresa del asiático mientras que otros querían que fuese este hombre quien les debiera algo y así conseguir privilegios comerciales con Corea.

La mejor forma de contactar a estos líderes sería mediante una visita personal al gobierno de Chile que tendría como objetivo iniciar una cadena de llamados a los demás políticos.

Compró una computadora portátil y un teléfono para comenzar a investigar la agenda presidencial del país donde estaba residiendo.

Le llevó tres días idear un plan con alta probabilidad de funcionamiento. Se realizaría en Santiago de Chile una reunión de líderes sudamericanos para discutir asuntos de comercio. El presidente de Paraguay era también descendiente de una noble familia de dragones terrestres. Él lo ayudaría.

Pasó el resto del día diseñando una apariencia distinta para presentarse en el encuentro presidencial. Cabello corto rojizo, rostro joven occidental con pequeños rasgos orientales. Casi dos metros de altura, vestimenta formal azul petróleo. Eso sería perfecto.

Mientras se observaba en el espejo, su nuevo teléfono comenzó a sonar. Era extraño ya que nadie debería tener el número de contacto.

—¿Hola? —preguntó en español.

—El cabello rojo te queda mal —dijo una voz masculina del otro lado. La llamada se cortó instantáneamente.

Dae-Hyun había olvidado un aspecto esencial. No solo tenía que atacar al enemigo, sino también planear como deshacerse de quienes estaban en su búsqueda. Aquel descuido podría costarle la vida. Lo habían encontrado.

ESCAPE

Todo estaba listo para realizar el ataque cuando, repentinamente, el departamento comenzó a arder en llamas.

Velozmente, los habitantes del edificio comenzaron a salir corriendo, asustados. Los asesinos sabían lo que ello significaba: el enemigo era más listo de lo que creían y había creado un incendio deliberadamente para poder modificar su imagen y huir en la confusión.

Enfadados, los tres hombres vestidos de gris se comunicaron con su líder, quien les indicó retirarse por el momento. Deberían ser más cautelosos la próxima vez.

Dae-Hyun había creado una ilusión de aspecto femenino. Las personas que lo rodeaban veían simplemente a una mujer de cabello oscuro y ropa deportiva que trotaba normalmente, haciendo ejercicio. No llamaba la atención.

Corrió hasta alejarse un par de kilómetros. Allí, tomó el metro hacia el Costanera Center donde pudo volver a cambiar su apariencia. Entró a un probador de mujeres y copió la apariencia de una señora gorda que había ingresado antes que él. Al salir, caminó apresuradamente al estacionamiento, donde robó un automóvil gris no muy moderno.

Debía ser veloz, tenía que esconderse una vez más. No conocía demasiado la zona y le costó escoger un nuevo destino. La Granja, un barrio al sur del centro urbano.

Estacionó frente a una pequeña casa y volvió a crear una ilusión masculina. Bajó del vehículo y se anunció a los residentes de aquel lugar como un nuevo vecino. Cuando toda la familia se asomó para recibirlo, el coreano utilizó un conjuro de control enviando a la pareja y sus dos hijos dentro del automóvil e indicando al hombre que condujera hacia Las Condes y se estrellara a gran velocidad contra el hotel Atton. Si alguno de ellos sobreviviera, contarían a las autoridades que el hombre los había secuestrados luego de una pelea marital. No sería la primera ni la última vez que Dae-Hyun asesinaba personas inocentes. No le importaba sacrificar humanos para asegurar su propia supervivencia.

Ya poseía un nuevo hogar. Por la mañana se encargaría de crear falsos recuerdos en las demás personas del vecindario. Por el momento, solo deseaba darse un baño y descansar. Le molestaba la falta de lujo, pero apreciaba su vida demasiado como para arriesgarse a ser descubierto.

Un dragón bajó la guardia
y otro aprovechó el momento.
Olvidó que somos más vulnerables
cuando creemos estar a salvo.

Capítulo IX

Antes de darme cuenta, estaba pasando casi todas mis tardes con Luis. Era un chico sumamente interesante, con grandes sueños. Ensayaba con sus amigos en una pequeña orquesta y decía que algún día brindaría un concierto de tango en Europa. Él sabía que era imposible, pero aún así no se rendía. A diferencia de cualquier otro humano que conocía, disfrutaba del presente sin preocuparse demasiado por el futuro. Era consciente de la pequeña duración de su vida y prefería no planear las cosas, sino ser feliz cada día.

Nuestras charlas se extendían por horas. Muchas veces lo esperaba en la esquina del Tortoni para así poder caminar juntos hasta mi casa y, como ese tiempo no era suficiente, cenábamos juntos.

Hablábamos de diversos temas tales como nuestros pasatiempos y amigos. Comentábamos libros que solíamos prestarnos y cosas por el estilo. Con bastante frecuencia, Luis me preguntaba cómo era México y la gente allí. Él anhelaba viajar, ya que había nacido en Buenos Aires y conocía solamente los alrededores. Él solía decir que no era mucho, pero a mí me fascinaba el hecho de que conociera tan bien la ciudad.

Los domingos íbamos juntos a la iglesia y luego caminábamos por algún parque. Existían rumores sobre nosotros, pero no importaba porque éramos felices. Nuestro paseo preferido era por la zona de Palermo que, en las tardes, se llenaba de jóvenes parejas que disfrutaban del aire libre junto a los lagos.

De vez en cuando, Luis ahorraba parte de su salario y me compraba algún regalo que consideraba perfecto para mí. Pañuelos, sombrillas, zapatos y muchas otras cosas femeninas. De todo lo que me obsequió, apenas conservo un hermoso espejo de mano que culmina en una pequeña corona. "Digno de una princesa" me había dicho. Extraño mucho esos días.

Rosita insistía en que éramos el uno para el otro, aunque ella preferiría que me casara con alguien de más categoría. Yo me sonrojaba. No quería admitir ningún sentimiento hacia Luis, tenía miedo.

Realmente no deseaba enamorarme de él ya que sabía el final de la historia. El envejecería y moriría en unos años. A mí me quedaban más de veinte siglos.

Pero era demasiado tarde.

Mil preguntas

Damián terminó de leer el archivo que su amiga había enviado. Ya era hora de cenar y, sin embargo, no tenía apetito. La historia de Diana había logrado conmoverlo. Ahora comprendía un poco más a la chica y lo que significaba ser un dragón.

En su mente había pensamientos encontrados. Se sentía orgulloso por su ascendencia; era un honor ser heredero de la raza de tierra y tener la capacidad de usar magia. Al mismo tiempo, le aterraba pensar que su vida como él la conocía iba a terminar pronto. Perdería todo y a todos los que compartieron cada día desde su nacimiento hasta la actualidad. Vería morir a sus seres queridos: familia y amigos por igual.

Tenía un nudo en la garganta, Diana era una chica mucho más fuerte de lo que él creía. Ella había sufrido mucho a lo largo de su vida. Quería saber más sobre su historia.

Miles de preguntas surgieron en su cabeza. ¿Qué sucedió con Luis? ¿A dónde fue ella luego de estar en Argentina? ¿Qué más recuerda de sus padres? ¿Le resulta fácil tener amigos? ¿Conoce a otros dragones? ¿Qué pasaría con él? ¿No existía ningún hechizo para prolongar la vida de sus seres queridos? ¿Sería Diana su amiga por varios siglos?

Cerró los ojos intentando calmarse. Quería llamarla desesperadamente y escuchar el resto de la historia, pero sabía que no era una buena idea. Él había sido testigo de la inestabilidad emocional que le causaba a la chica hablar sobre su pasado. No deseaba hacerla llorar. Se mordió el labio inferior con fuerza y miró el celular que estaba tirado sobre su cama. Tuvo una idea. Quizás viendo su hogar y los recuerdos que ella mencionaba en el texto, él entendería. Posiblemente tendría algunas viejas fotografías o retratos ornamentando su departamento.

Finalmente decidió enviarle un sencillo mensaje.

10:02PM

Terminé de leer el archivo

Se sentó en el borde de la cama, observando el celular en silencio hasta que obtuvo una respuesta.

10:04PM

Qué te pareció?

Damián escribió varias líneas para luego borrarlas. No sabía qué contestarle.

El teléfono comenzó a sonar con un tema de su propia banda. Era un llamado.

—Hola —dijo nervioso—, justo te estaba escribiendo.

Ella sonrió y, aunque él no podía verla, lo sentía.

—Asumo que tenés algunas preguntas al respecto.

El bajista asintió.

—Buena deducción, Sherlock ¿Cuándo podríamos hablar? —rápidamente, se corrigió, arrepentido por aquella pregunta—. Es decir, siempre y cuando no te moleste ni te deprima.

—El pasado siempre es triste, pero me siento aliviada de poder hablar sobre ello con alguien más. Con una persona que me crea. —Ambos guardaron silencio unos segundos— ¿Podés venir ahora?

Damián debía levantarse temprano al día siguiente, mas no le importaba.

—Claro. Dame tu dirección.

Ya nada le resultaba importante. Los estudios, la banda, todo parecía ser totalmente efímero. Al fin y al cabo, no servía de nada. Algún día tendría que abandonar la banda y. en algunos años, tampoco le resultaría útil el título universitario. Tenía tiempo de sobra para estudiar cuando quisiera en los próximos siglos.

—Es un edificio con puerta de vidrio en la esquina de Arenales y Sánchez de Bustamante. En Palermo. Departamento 2do A.

El chico anotó los datos en un archivo de computadora.

—Estoy saliendo para allá. Llego en media hora.

Guardó su teléfono en el bolsillo, se colocó su campera de cuero negra y corrió escaleras abajo.

Sus padres le preguntaron a donde iba tan tarde. No contestó. Simplemente se sentó frente al volante del viejo auto y apretó el acelerador. Le alegraba que su padre fuese mecánico, siempre había en la casa algún viejo auto reciclado que él podía usar.

No sabía qué clase de preguntas haría a Diana o el tipo de respuestas que hallaría, pero presentía que podría comprender un sin fin de asuntos que su mente aún no lograba procesar.

Respuestas

Era la primera vez que Damián visitaba a su amiga. Se sentía algo incómodo al respecto.

Impaciente, como siempre, Diana lo estaba esperando en la puerta del edificio. Tenía los ojos algo rojos como si hubiese estado llorando. Él prefirió no preguntarle al respecto.

Entraron en silencio al departamento. Era un sitio pequeño, de solo dos ambientes. La habitación principal tenía tres paredes grises y una roja, al igual que el techo. Toda la sala estaba decorada con fotografías, posters y retratos que colgaban desde el techo; era como si quisiese imitar las viejas galerías de arte del siglo XVIII.

En este cuarto había, también, excesiva cantidad de muebles; todos ellos de color negro. Al ingresar se observaba un perchero para abrigos y un sillón amplio contra el muro rojo. En el centro, una mesa redonda con cuatro sillas. El resto de la sección inferior de los muros había sido recubierta por una serie de libreros bajos, exactamente iguales. Sobre uno de ellos había una televisión enorme.

La puerta que conducía a la habitación de Diana estaba abierta, motivo por el cual Damián era capaz de ver claramente la decoración. Se observaba desde lejos que las paredes eran rosadas y el piso alfombrado celeste. En uno de los rincones se encontraba el escritorio blanco con la computadora, donde se veía de lejos el archivo con su historia abierto, ocupando toda la pantalla. La cama, en el centro, era de dos plazas con dosel. Todo en distintas gamas del rosa. Parecía el cuarto de una princesa de cuentos. En el extremo opuesto a la puerta había un mueble con espejo que parecía uno de esos neceseres femeninos antiguos para maquillaje y joyería.

—Bienvenido a mi mundo —bromeó Diana al notar cómo su amigo analizaba el departamento.

—Es... muy particular. —No encontraba palabras para describirlo—. Veo que las habitaciones son totalmente diferentes entre sí y, al mismo tiempo no se parecen en nada a tu estilo de ropa.

—Dale, no des más vueltas y decilo. Te parece espantoso como a todos mis amigos.

Ya estaba acostumbrada a oír que era una pésima decoradora. Pero no le importaba, ella se sentía a gusto allí.

—No es feo. Tiene mucha personalidad, eso es todo —intentó ser amable.

—Lo que sea. —Diana fue a la pequeña cocina que no media más de dos metros cuadrados, donde apenas podía entrar una persona de pie entre el horno, la mesada y la heladera violeta. —Sentate donde quieras.

Damián se acomodó en la mesa, frente al televisor.

Minutos después, ella regresó con dos chocolatadas y cuatro porciones de pizza fría.

—Llegaste justo cuando iba a cenar.

¿Qué clase de cena es esta? Se preguntó confundido.

—No se cocinar —aclaró la chica, sonriendo.

—Eso veo, La próxima vez avisame y cocino algo yo antes de venir —se ofreció el bajista.

Diana asintió en silencio. Ninguno de ellos habló hasta que terminaron de comer.

—Dispará tus preguntas —ordenó ella intentando mantener un clima alegre por el mayor tiempo posible.

Damián la observó confundido. Sentía que no podía formular aquellas dudas en las que había estado pensando las últimas horas.

—No sé por dónde empezar; supongo que podría preguntarte cuáles son los límites de la magia.

—Estirá tu brazo derecho en dirección al librero junto a la puerta y concentrate en el concepto de magia y lo que quieras saber sobre ella. Si necesitás pronunciar el conjuro, hacelo.

—jastensiameoriostalymupra —murmuró él. Un libro cayó al piso, abierto.

—Ahí tenés tu primera respuesta. Agarralo.

Damián estaba confundido. Se puso de pie y tomó el viejo bloque de texto escrito a mano —parece antiguo.

—Baja edad media. Perteneció a mi abuelo. Me lo regaló hace casi cien años. Es un manual de magia. —Hizo una pausa mientras su amigo volvía a sentarse frente a ella. —Como verás, está en otro idioma. Pero seguramente podés entenderlo.

Era realmente sorprendente. El libro había sido redactado en un lenguaje extraño y, sin embargo, Damián era capaz de leer cada palabra

—No puedo pronunciar nada, pero entiendo lo que dice.

—Lo sé. Es la antigua lengua de los dragones. Se ha perdido totalmente. En la actualidad nadie puede hablarla o escribirla, pero cualquier descendiente tiene la capacidad innata de comprender el texto —explicó—. Volviendo a tu pregunta, la magia es casi ilimitada, pero posiblemente desarrolles mayor habilidad en un único estilo.

El bajista se encontraba ahora incluso más confundido.

—Dejame explicarte. Existen cinco tipos principales de magia entre los dragones: control, elementos, curación, espacial y espiritual. Como la palabra lo dice, el control permite crear ilusiones, cambiar recuerdos en las personas y obligarlas a actuar en contra de su voluntad. —Bebió un sorbo de chocolatada—. La magia elemental permite el control sobre fuego, agua, tierra, viento y electricidad. Curación se refiere a heridas y enfermedades que no tengan carácter crónico. Espacial es mi favorita, te permite hacer cosas como teleportarte, crear portales a otros lugares o formar distorsiones. Por ejemplo, imaginate que creas una distorsión espacial y cada vez que entrás en este edificio, en vez de estar en el edificio de verdad, aparecés en el subte. Es muy bueno para ahuyentar gente. —Sonrió—. Finalmente la magia espiritual es la más rara de todas, con ella podés comunicarte con fantasmas, invocar seres mitológicos y cosas por el estilo. Existe también algo llamado *Maestro Dragón,* que es aquel que maneja al menos tres de estos estilos. Se dice que uno de cada quinientos hijos de la tierra pueden alcanzar ese título.

El chico comenzó a leer los nombres de cada capítulo en el viejo libro. Uno llamó su atención. Empezó a leer.

—Entonces, no se puede revivir a los muertos ni prolongar la vida de un humano —cerró el volumen—. Es una lástima.

—Son las leyes de la naturaleza —respondió Diana, bajando la mirada—. Si ello fuera posible... —Sus ojos se llenaron de lágrimas—. Luis... —susurró.

—Lo siento. —Damián se disculpó preocupado—. No debí haber mencionado algo así. —Se levantó y caminó hasta quedar de pie junto a su amiga. Puso una mano sobre el hombro de la chica.

—Está bien. Supuse que también querrías saber algo sobré él.

Damián negó con la cabeza.

—No realmente. Prefiero leer sobre ese tema a medida que lo escribas —admitió—; sé que es doloroso.

Diana asintió.

—Pero quería pedirte un favor al respecto —añadió el bajista —. Me gustaría ver una foto o retrato tuyo en esa época y el espejo que mencionaste en tu historia.

—Vamos a mi habitación.

Ambos se dirigieron al cuarto de cuento de hadas. Ella abrió una gran caja de madera que tenía debajo de su cama.

—Esta era yo.

Tomó de allí un retrato de aproximadamente medio metro de alto donde se veía a Diana, apenas unos años más joven, con el cabello recogido y un vestido de época, celeste.

Damián no podía creer que la fecha indicada debajo de la imagen dijera 1821.

—Me lo hicieron en México. Siempre lo llevo conmigo porque me encanta. No quiero que se arruine y por eso lo mantengo en la oscuridad.

Le extendió otra pequeña caja de madera. Dentro, se encontraba el espejo. Era realmente muy delicado. El mango parecía ser de plata con detalles en algún material blanco que podría bien tratarse de marfil. En la parte superior, se había añadido una delicada corona, posiblemente de oro, con algunas piedras rosadas.

—Esto debe costar una fortuna. —Fue todo lo que él pudo decir.

—Seguramente. Pero no está en venta. Nunca lo estará. Es mi tesoro. —Se secó una lágrima.

—¿Estás bien?

Diana mintió, asintiendo con la cabeza. Él noto esto y la abrazó con fuerza.

—No hablemos más del tema. Contame qué lugares visitaste en tus viajes y cuál te gustó más.

Ella intentó calmarse.

—Miau. —Ramsés salió de la cocina. Era el tema de conversación perfecto.

—Qué lindo gato ¿Cómo se llama? ¿Qué edad tiene? ¿Es tu mascota? —interrogó—. A mí me gustan más los perros.

La chica rió suavemente.

—Sos un idiota. No sabés disimular que el gato es solo una excusa para hablar de otra cosa.

—Mentir no es mi especialidad —admitió él sonriendo—. A vos te sale mejor.

—Es cierto. Aunque a veces es difícil recordar qué le digo a cada persona. Tengo anotadas las mentiras más importantes, como la historia de mi familia que le dije a Tamara y cosas así. No me gusta ocultar la verdad, pero no me queda otra opción. Nadie creería mi historia y necesito vivir como una humana normal.

Pasaron el resto de la noche hablando de cosas simples como la universidad y bandas de rock. Cuando se dieron cuenta, ya era hora de ir a clases.

Recompensa

Dae-Hyun se sumergió en la pequeña bañera de su nuevo hogar. Deseaba relajarse para así planear su próximo movimiento. Seguiría con el plan anterior, pero debería ser más cuidadoso. Sentía como sus poderes se iban agotando con cada uso. Si no descansaba al menos una noche, sería incapaz de engañar a sus perseguidores.

Estaba tan agotado que se quedó dormido en la bañera. Al despertar, maldijo su edad. No le agradaba la idea de necesitar tanto descanso únicamente por haber utilizado algo de magia. Su vejez podría costarle la vida.

Se puso de pie y buscó algo de ropa en el armario del anterior dueño de la casa. Se vistió con lo primero que encontró.

Por la noche, había oído ladridos, lo que significaba había una mascota en la familia. Tomó la correa que colgaba junto a la puerta, se la colocó al buldog gris que estaba en el jardín y salió a caminar intentando pasar desapercibido.

Se acercó lo más que pudo al edificio donde ya había comenzado la reunión presidencial, liberó al animal e ingresó a la construcción utilizando una ilusión en forma de policía. Agradecía estar en Latinoamérica donde la seguridad era pésima. Allí era realmente sencillo infiltrarse en lugares cerrados.

Había memorizado el plano de la construcción por lo que fue capaz de dirigirse directamente hacia el salón de reuniones. Los guardias en la entrada pidieron su identificación. Dae-Hyun ya estaba listo para ese momento y simplemente dejó a los hombres inconscientes en el piso con un movimiento de su muñeca.

Abrió las puertas de par en par. Todos los presidentes se voltearon confundidos. Muchos estaban al tanto de la existencia de dragones con poderes; algunos incluso trabajaban con descendientes colocados estratégicamente en diversos cargos políticos.

Uno de los hombres se puso de pie.

—Mostranos tu verdadera forma— ordenó el líder argentino.

El coreano cerró las puertas nuevamente y obedeció.

—Disculpen esta irrupción. Mi nombre es Dae-Hyun y he venido a cerrar un pacto con todos ustedes.

—Siglos sin verte —saludó el presidente de Paraguay—. Me pregunto qué es tan importante para que necesites ayuda política.

El asiático se sentó en una silla vacía.

—Verán —comenzó a explicar—, como todos ustedes saben, soy dueño de una de las empresas de tecnología más importantes del mundo. Sin embargo, en estos momentos estoy residiendo en Chile porque me están persiguiendo. —Bebió un sorbo de agua del vaso que se encontraba frente a él—. Aquellos gobiernos que presten sus servicios para ayudarme a aniquilar a mi perseguidor serán recompensados con inmensos beneficios comerciales. —Observó los rostros de los allí reunidos, analizando sus reacciones—. No solo eso —prosiguió—, el gobierno que logre matar a este hombre recibirá también una gran recompensa económica. Pero si yo muero, nadie obtendrá ningún beneficio; esto significa que necesito que me proporcionen identificaciones falsas para acceder a todas sus naciones —concluyó.

Un hombre se puso de pie.

—Disculpe pero ¿No son sus enemigos también poderosos?¿Cómo sabremos que nuestras propias vidas no estarían en riesgo?

—Una pregunta sensata —admitió Dae-Hyun—. Eso dependerá de qué tan astutos sean. Considero que las únicas vidas que podrían perderse son las de aquellos que ustedes envíen a cumplir esta misión.

Repentinamente una imagen se proyectó en la pared lateral. Era la cara de Di Carlo.

—Este es el hombre que intenta matarme. Es italiano—. Junto a la foto aparecieron varios datos del dragón—. Su especialidad es la magia espacial, es decir, puede viajar por el mundo a su antojo. Será difícil de atrapar. Tienen tres semanas ¿Quiénes me ayudarán?

Varios gobernantes levantaron el brazo: Argentina, Chile, Paraguay y Brasil.

DISTINTA

Diana se miró en el espejo. Se veía extraña. Había olvidado cuando fue la última vez que vistió en un color que no fuese negro. Suspiró, dándose por vencida. Tenía que admitir que no le sentaba nada mal aunque no fuese su estilo. Su cabello había vuelto a ser totalmente rubio, sin rosa, violeta, azul o ningún otro color extraño. Parecía una chica normal.

Se volteó. Le agradaba que al menos sus alas quedaran casi completamente a la vista. La chica se sentó en el sillón y miró los tres pares de zapatos que había comprado unas horas antes. Todos ellos eran rojos y en el mismo estilo, con la diferencia de altura en el taco: 11cm, 5cm, 2cm.

Se probó los primeros. Tan altos que no podía siquiera caminar. Se colocó los segundos; eran realmente cómodos. Finalmente intentó con el tercero; se sentía descalza. Volvió a colocarse los de 5cm.

La chica había llamado a su amiga Aldana, auto denominada experta en asesoría de imagen, para ayudarla a escoger el vestuario para casamiento al que asistiría esa misma noche. La morocha llegó poco después a la casa de Diana con una valija llena de vestidos y accesorios.

Ella sentía que todos le quedaban mal. Le molestaba mucho que la ropa en Buenos Aires fuese siempre tan pequeña. La dragón no era exactamente una modelo con cintura de escoba como su amiga.

El vestido blanco la hacía sentirse una heladera, el floreado como una anciana, el celeste era simplemente muy corto, el violeta extremadamente escotado y el verde realmente ajustado, sin mencionar que la hacía lucir como una botella de vino. No había caso, nada le quedaba bien y se negaba a probarse el último modelo. Aldana, sin embargo, insistió tanto que llegó a convencerla. Le quedaba espectacular.

Se trataba de un vestido que no era ni demasiado corto ni extremadamente largo; le llegaba casi hasta las rodillas. Era sencillo en cuanto a la forma. La parte delantera mostraba un delicado escote mientras que la espalda era abierta casi hasta la cintura, dejando a la vista sus alas. El único problema era el diseño: leopardo. Definitivamente no era su estilo.

Aldana se había emocionado al ver lo bien que le sentaba el vestido a su amiga. Buscó en la valija hasta encontrar el set de accesorios y maquillaje que iban con aquel atuendo. Primero, le colocó un cinturón rojo debajo del busto, luego un delicado collar dorado con aros largos haciendo juego. Puso también una hebilla en forma de rosa roja en la cabeza de Diana, del lado derecho y, finalmente, le entregó un abrigo corto color escarlata.

No tenían zapatos que combinaran. A la chica le daba igual pero su amiga no le permitía usar algo que fuese de otro color, por lo que salió corriendo del departamento para volver minutos más tarde con tres pares muy similares que la joven dragón debió pagar.

Aldana se fue temprano a su casa dejándole a Diana indicaciones de cómo maquillarse: algo de base, delineador negro, máscara negra y labial rojo. Nada más.

Se mordió el labio antes de darle color. Sabía que iba a arrepentirse de todo ello. No le agradaba demasiado maquillarse.

Estaba terminando de arreglarse cuando oyó el portero. Damián había llegado a recogerla. La chica corrió escaleras abajo sin llevar ningún tipo de cartera.

Cuando salió a la calle, se quedó atónita mirando a su amigo. Era la primera vez que lo veía vestido de traje, con una camisa negra y corbata roja. Lucía muy bien para ser Damián. El chico también reaccionó ante la apariencia de la rubia. No podía creer que aquella muchacha tan atractiva era la misma loca de cabello rosa que tomaba clases de batería.

—No te reconocí —dijo cuándo Diana subió al auto— ¿Quién sos vos y dónde está mi amiga?

—No lo sé —contestó ella, sonrojada—. Yo también quisiera saber dónde está el aburrido bajista que iba a venir a buscarme.

Ambos rieron. No hablaron demasiado durante el camino a la fiesta; estaban demasiado concentrados intentado asimilar lo extraño que se veían vestidos así.

Tiempo de vals

Damián no conocía la zona donde se llevaría a cabo el evento y por ello se perdieron. Preguntaron en el barrio a cinco personas hasta que finalmente lograron llegar a la vieja casona remodelada poco antes de la entrada de los novios.

El lugar era extremadamente amplio, aunque no parecía ser un salón muy lujoso. La infraestructura aún poesía separación entre habitaciones, delatando su previo uso como residencia. El piso era casi enteramente de madera y las paredes blancas, con iluminación rosada. Al ingresar uno se encontraba en un sector reservado para la recepción, donde mesas contra las paredes ofrecían distintos bocados y bebidas sin alcohol. Pero aquella área estaba ya vacía, y los empleados escoltaron a los dragones hacía su mesa, en un sector mucho más amplio donde los invitados se acomodaban alrededor de una gran pista de baile central.

Sus amigos ya estaban allí; todos parecían ser otras personas debido a la formalidad de su vestimenta.

Faru se encargó de hacer las presentaciones entre Diana y las otras chicas que habían asistido con ellos.

Minutos después, las luces se apagaron casi por completo anunciando el ingreso de la pareja. Ninguno llamaba la atención. La chica tenía cabello marrón largo y oscuro; lucía un sencillo vestido blanco sin demasiados ornamentos. Su esposo tenía el pelo negro, extremadamente corto, piel morena y vestía un traje común. Podrían incluso pasar como otros invitados.

Dany se puso de pie y fue a felicitar a su hermana. Alguien habló por micrófono pidiendo que todos fuesen a saludar a la pareja. Así lo hicieron. Había muchas personas que lloraban de felicidad.

Luego de cientos de besos y abrazos, comenzó a sonar un vals. Los novios bailaron la primera pieza. Poco después, otras parejas comenzaron a unirse.

Casi todos seguían el ritmo de la música sin realmente saber cómo bailar aquella danza. Incluso los chicos comenzaron a sumarse al festejo. Damián extendió su mano hacia Diana. Ella sonrió. Cuando era más joven, los hombres sacaban a bailar únicamente a las mujeres que pretendían conquistar. Ahora no era así, pero se sentía incomoda de todas formas.

Ambos sabían bailar el vals a la perfección; Diana porque en su época era una obligación aprenderlo. Damián simplemente era anticuado.

Mosca fue el primero en notar la destreza que demostraba la pareja de dragones. Les hizo señas a sus amigos para que observaran los giros y movimientos que estaban realizando el bajista y su compañera de baile. Faru se paró en seco. No podía creer que ambos supieran los pasos de esa forma, se veían como profesionales.

Cuando la música cesó, regresaron a su mesa donde los esperaba una interminable cantidad de comentarios al respecto.

Dany se puso de pié al verlos llegar y comenzó a aplaudir enérgicamente.

—¡Bravo! ¡Viva por los futuros novios!

—Realmente son el uno para el otro —afirmó Mosca.

—Por un momento creí que ustedes eran los que se acababan de casar —agregó Faru.

Damián se enfadó mucho con sus amigos y empezó una fuerte discusión. El chico defendía desde el fondo de su corazón la amistad que tenía con Diana. Veía en ella a una mejor amiga que estaría siempre a su lado, casi como una hermana y, temía que las bromas de los chicos de *Jaque Mate* arruinaran ese lazo tan especial que no podían comprender.

Diana, por su parte, guardó silencio. No le agradaba ver a la banda pelear. A eso se le sumaban sus recuerdos. Deseaba llorar. Se puso de pie sin decir nada y salió del salón principal, aislándose en un pequeño jardín trasero que formaba parte del complejo edilicio, pero que estaba vacío debido al frío de aquella noche.

Por casi una hora nadie notó su ausencia. Sus amigos estaban demasiado concentrados entre la discusión y el primer plato; y las chicas, criticando vestidos de otras invitadas.

POR SIEMPRE

—¿Podés callarte y escucharnos por una vez en tu puta vida? —dijo Dany, frustrado.

Damián asintió, intentando calmarse. Se cruzó de brazos, dirigiéndole al cantante una mirada llena de odio.

—No queremos que te pelees con ella. No intentamos ser malos amigos ni nada por el estilo. Es solo que nos encantaría verte enamorado. Te lo merecés. Sos un buen pibe.

—No solo eso. Pensalo así —añadió Faru—. Diana es una chica realmente linda —hizo una pausa—. Quizás no se trate de una súper modelo de Playboy, pero es bonita. Te quiere muchísimo y tienen millones de cosas en común, lo cual es raro porque vos sos un deforme con intereses y actitudes aburridas y pasadas de moda que no entiendo. —Miró a Mosca—. Ahora decile algo. Te toca.

El pelado sonrió.

—Damián, escuchanos un poco. Harían una pareja muy linda. Ella es divertida y alegre, lo que vos necesitás. Además, si no te apurás en cualquier momento la conquista uno de estos mujeriegos. —Señaló a los otros miembros de la banda.

La cara del bajista se había tornado totalmente roja.

—Ustedes no entienden nada —afirmó—, Diana es casi una hermana para mí. La quiero muchísimo, sí. Pero como mi mejor amiga —sentenció—. No van a obligarme a sentir algo distinto por ella.

Entonces, se dio cuenta que la chica se había ido.

—¿Cuándo se fue? —preguntó asustado.

—No sé, hace bastante que la silla está vacía —contestó la hermana de Mosca.

El bajista se puso de pie y comenzó a buscarla. Preguntó a varias personas si habían visto a una chica rubia con vestido de leopardo.

Incluso los fotógrafos negaron saber su ubicación. Temía que se hubiese ido volando.

—Disculpá —dijo una vocecita infantil. Damián bajó la mirada para encontrarse con una niña de aproximadamente siete años—. Yo sé dónde está tu novia. Se fue al jardín de allá. —Señaló un pasillo que nacía detrás de la pista de baile.

—Gracias. —Sonrió a la infante—, pero no es mi novia`.

Corrió en dirección al sitio indicado.

Allí estaba Diana, sentada en el piso abrazando sus rodillas. ¿Qué debía hacer? Temía empeorar las cosas.

Después de observarla por algunos minutos, se decidió a ir junto a su amiga.

—¿Qué te pasa?

—Nada.

—No mientas ¿Qué te pasa? —preguntó una vez más.

—Este tipo de acontecimientos me trae recuerdos dolorosos —admitió en un susurro—, pensé que lo había superado.

Damián se sintió aliviado ya que el problema parecía no tener relación alguna con sus amigos.

—¿Querés contarme? —ofreció amablemente a su amiga.

Diana hizo un gesto negativo.

—Ya lo vas a entender cuando lo escriba —murmuró—. Necesitaba algo de tiempo a solas para tranquilizarme, nada más.

El bajista puso su brazo alrededor de los hombros de la rubia. —Todo está bien, me voy a quedar acá con vos hasta que puedas entrar y divertirte con nosotros. —Levantó la vista, mirando el cielo.

—Gracias —fue la última palabra que pronunció ella antes de cerrar los ojos intentando eliminar los pensamientos depresivos sobre la boda que podría haber tenido, pero nunca ocurrió.

Del otro lado del muro que separaba al jardín del resto del salón, los tres miembros de *Jaque Mate* observaban por una pequeña ventana, como niños curiosos. Esperaban que luego de la charla que habían tenido con Damián, ese momento se convirtiera en la escena romántica de cuento de hadas que culmina con un beso.

No podían estar más equivocados.

Diana tenía gran facilidad para cambiar su estado de ánimo y, minutos más tarde, cuando el bajista estaba totalmente distraído, se volteó e intentó hacerle cosquillas en el cuello.

—¡Pará! —rogó el chico, protegiéndose con ambas manos mientras intentaba no reír.

—Solo comprobaba si eso servía como forma para molestarte —explicó, sonriente—; me alegra que funcione.

—Ni se te ocurra volver a hacerlo —ordenó él, al tiempo que se ponía de pie, extendiendo una mano para ayudar a la chica—. Pero me alegra verte feliz.

Ella asintió y tomó la mano de Damián.

—Eso es porque tengo un buen amigo que siempre me cuida y me saca una sonrisa. Espero que eso nunca cambie.

El bajista negó con la cabeza.

—Lamentablemente creo que voy a ser tu protector por siempre. No tengo opción.

—Vos lo dijiste, no yo. Vas a ser mi amigo eternamente. Mi guardaespaldas.

—Muchas mujeres famosas en la historia tenían uno de esos —comentó él, haciendo un listado de nombres.

Ingresaron nuevamente al salón, conversando animadamente sobre algún personaje histórico que solo ellos conocían. Sus amigos estaban realmente decepcionados y no podían creer que Diana y Damián fuesen personas tan raras como para convertir una escena típicamente romántica en una clase de historia.

Preparativos

Guillermo tapó las ventanas de dos habitaciones contiguas en el segundo piso del castillo. Nadie debía sospechar que algo sucedía allí. Había escogido aquel sitio para sus experimentos y preparativos debido al abandono y aislamiento que presentaba.

En una primera instancia, prefirió instalarse bajo tierra, en los calabozos del edificio; sin embargo, el estado de la construcción era delicado y podría derrumbarse en cualquier momento. No le agradaba la idea de ser descubierto. Le hubiese encantado mudarse a un mejor sitio, pero debía permanecer allí. No había suficiente tiempo como para mover la biblioteca a otro lugar.

Se sentó sobre una pila de escombros. Tenía hambre, llevaba días sin comer.

Aunque odiase admitirlo, estaba realmente asustado. La primera etapa de su plan había funcionado a la perfección, y la segunda no se diferenciaba demasiado de la anterior. Aún así le atemorizaba fallar. Si era descubierto lo matarían sin dudar y sería el fin de toda una ideología. No podía permitirlo.

La caída del sistema elitista era inminente y él se encargaría de llevarla a cabo. No importaban demasiado las consecuencias.

Miró su reflejo en la ventana. Se veía tan mal que llamaría la atención de sus enemigos. El cabello negro llegaba ya casi hasta los hombros y el vello facial cubría gran parte de su rostro. Llevaba una semana sin afeitarse. Su ropa estaba sucia y desgarrada al punto que podía verse claramente las alas dibujadas en su espalda. Era una imagen deplorable que lo hacía parecer mucho mayor.

Aún faltaban algunos días para llevar a cabo su plan. Podía esperar un poco más antes de arreglar su imagen.

El sol comenzaba a ponerse en el horizonte, llenando de sombras la antigua habitación del castillo abandonado. Guillermo hizo un rápido movimiento de muñeca para encender las velas, colocadas estratégicamente alrededor del cuarto permitiéndole continuar trabajando el resto de la noche.

No podía permitirse el perder el poco tiempo que le quedaba en conseguir comida.

CADÁVER

Dae-Hyun estaba conforme con la reunión que acababa de finalizar. Se sentía a salvo. El coreano saludó cordialmente a los políticos presentes en la sala y se retiró.

Las puertas del recinto se cerraron rápidamente. Frente a él había cinco hombres con uniformes de guardias, rodeándolo. En el medio se encontraba Di Carlo, su perseguidor.

El italiano dedicó una sonrisa triunfal a su contrincante. Había ganado la contienda de vida o muerte.

—Siempre un paso por detrás —dijo Gianni con sarcasmo—. Llegaste tarde. Supuse que planearías algo como esto y me comuniqué con los líderes del continente antes que tú. Les ofrecí algo mucho más tentador que beneficios económicos para sus naciones. Les prometí dinero para cada uno de ellos, que no deberán compartir.

Dae-Hyun maldijo por lo bajo. Aún tenía su magia, quizás podría escapar si lo intentaba; consideraba que existía una pequeña probabilidad de que pudiera lograrlo. Quiso moverse pero su cuerpo no respondía, de alguna forma lo habían paralizado. Se trataba de una situación extraña debido a que la habilidad del italiano consistía en el manejo del espacio.

—¿Qué sucede? —preguntó, incomodo.

—Espero me disculpes —se oyó una voz que provenía desde detrás. La puerta se cerró una vez más. El presidente paraguayo caminó hasta posicionarse junto a los hombres de Di Carlo—. Sé que solíamo' ser amigos, pero él me ofrecía algo mejor. Adiós —se despidió amablemente, moviendo su mano derecha en el aire.

El italiano dio la señal y sus hombres comenzaron a disparar simultáneamente. Cientos de balas atravesaron al asiático cuyo cuerpo cayó, inerte, en pocos segundos. Tanto las puertas como el suelo quedaron bañados en sangre.

—Jaque mate —pronunció el asesino, dejando caer un trozo de tela negra sobre el cadáver. Luego, se volteó—. Limpien el desorden

—ordenó a sus seguidores. El líder de la mafia ingresó en la sala para entregar el dinero prometido a los políticos latinoamericanos. Le alegraba que los dirigentes de ese continente fuesen egoístas, eso los hacia mucho más manejables. No necesitaba ningún hechizo de control para que cumplieran con sus pedidos, solo requería dinero.

Capítulo X

Todos tenemos un día al año que se supone es especial, nuestro cumpleaños. La última vez que alguien me había dado un regalo en esa fecha fue poco antes de la muerte de mis padres. Para mí, el aniversario de nacimiento no tenía importancia alguna, hasta el 6 de noviembre de 1883.

Yo sabía que se trataba de aquel día, pero al igual que en años anteriores, ignoraba el hecho y seguía con mi rutina.

Me levanté temprano para ir a comprar un pollo que prepararía para cenar con Luis. Recogí mi cabello en un rodete, elegí un largo vestido azul petróleo con zapatos y gorro blanco. Estaba algo pasado de moda, pero no me importaba. Era uno de mis conjuntos preferidos.

Puse algo de dinero dentro del pequeño bolso en tonalidad tiza y abrí la puerta. Allí estaba él, parado tan solo unos metros delante de mí, sonriendo. "Feliz cumpleaños, Diana" me dijo amablemente. No recordaba haberle comentado de aquella fecha. "Hace casi un año te pregunté al respecto y me dijiste que había sido el día anterior. Por eso me acuerdo." Me explicó más tarde.

Tomó mi mano y me guió calle abajo, hacia un parque en el que siempre nos gustaba pasear. Cuando llegamos, me pidió que cerrara los ojos. Obedecí sin dudar.

A ciegas, me guió hasta un pequeño banco escondido entre dos grandes árboles. "Ahora ya podés ver" me indicó animadamente. Yo estaba confundida.

Al abrir los ojos, Luis estaba de pie, detrás de mí. "Esta es la primer parte de tu regalo" dijo mientras me colocaba algo alrededor del cuello. Era una delgada cadena de oro con una pequeña llave. Me explicó que la segunda parte de la sorpresa la revelaría aquella noche.

Le conté que había pensado preparar pollo, pero se opuso. Me invitaría a cenar a un restaurante de verdad. En esa época eran bastante más caros que ahora.

Sacó de su bolso seis bollos de pan casero de los que preparaba su padre, un excelente panadero. Comimos allí sentados. Luego, tomó mi mano una vez más y caminamos juntos hasta mi casa. Me pidió que lo esperara a la salida del Tortoni y de allí iríamos a comer.

Jamás había estado tan nerviosa. No sabía qué ropa ponerme, quería verme linda, algo especial para aquella ocasión. Busqué en mi armario, pero nada era lo suficientemente perfecto. Respiré hondo. No me gustaba gastar dinero en ropa, pero esta vez era necesario. Corrí al centro porteño en busca de algún local que vendiera los últimos vestidos traídos de Europa. No me importaba el precio, solo quería verme bien en una noche especial.

Poco después del mediodía, ingresé en el negocio más caro de la ciudad, sobre la calle Florida. Ningún vestido era de mi agrado. Los más bellos modelos venían en colores aburridos mientras que los de colores bonitos tenían un diseño que no me agradaban.

Por suerte, eso se podía solucionar. Compré el que consideré me quedaría mejor en cuanto a tamaño y regresé a casa a toda velocidad. Una vez colocado, comencé a testear distintos colores. Al finalizar, tenía un hermoso vestido rosa con todos los accesorios en blanco. Me puse un pequeño gorro de verano, zapatos de escaso tacón (no quería verme más alta que Luis) y un delicado abanico que tenía pintadas varias flores.

Recibí un par de piropos de camino al Tortoni. En esos días, los hombres paraban a las chicas en la calle para decirles amables cumplidos, no como hoy que te gritan desde los autos un montón de groserías.

Cuando llegué, Luis estaba esperándome. Me dijo que me veía como una princesa. Creo que me sonrojé. Él también se veía muy bien. Ya no lucía el uniforme de trabajo, sino que parecía todo un aristócrata con sombrero y bastón. Era adorable.

Subimos al primer taxi que vimos (tirado por un caballo, como todo vehículo de la época). El elegante restaurante estaba en lo que es hoy zona norte. Se trataba de un lugar francés. La decoración era abundante, pero no molestaba a la vista, sino que causaba sensación de armonía. Había varios detalles en oro y algunas pinturas en las paredes.

Nos ubicamos en una mesa casi al fondo del recinto. No me acuerdo qué cenamos, pero estuvo delicioso. Al terminar la comida, Luis extendió una caja de madera que tenía mi nombre grabado en oro. "Abrila" me dijo entusiasmado. Me quité la llave que llevaba al cuello para ver qué había dentro del misterioso cofre.

Allí estaba el espejo más hermoso que he visto en mi vida. Realizado totalmente en plata con algunas incrustaciones de piedra y una corona en la parte superior. En el reverso se leía mi nombre.

No podía creerlo. Eso debía haberle costado una fortuna. "¿Te acordás que estaba juntando dinero para ir a conocer el mundo? Bueno, cambié de opinión y, desde el año pasado estuve ahorrando para hacerte este regalo." Explicó.

Me sentí mal, le devolví la caja. No podía aceptar que renunciara a su sueño por hacerme un regalo. Luis insistió. "Ya cumplí mi sueño." Dijo sonriéndome, como siempre lo hacía.

Lo llamé mentiroso. Le pregunté si había algo que podía darle a cambio. Quizás sería capaz de entregarle el dinero para que cumpliera su sueño.

"Vos sos mi mundo." Murmuró nervioso. Recuerdo haber notado como sus mejillas se tornaban rojas. "Diana, hay una sola cosa que te pediría a cambio. Quiero que seas mi novia."

No, eso no era posible. Estaba feliz, confundida, sorprendida e incluso aturdida. Le pedí que repitiera la última frase que había dicho, pensé haber oído mal. Me mordí el labio. Algunas lágrimas cayeron por mis mejillas. Asentí tímidamente con un movimiento de cabeza. "Lamento no haber tenido el dinero suficiente para pedir tu mano esta noche. Pero quiero que sepas que lo voy a hacer apenas pueda." Me advirtió alegremente.

Salimos de allí tomados de las manos, caminamos en silencio por la timidez. No nos animábamos a mirarnos a los ojos. Era extraño. Al llegar a la puerta de mi casa nos quedamos parados uno frente al otro, sonriendo como niños. "Gracias." Me dijo. Yo aún no podía articular palabra alguna. Él lo notó.

"Cerrá los ojos. Tengo otro regalo" fueron sus palabras. El mejor regalo que he recibido en mi vida. Luis se acercó a mí y robó un beso.

Abrí los ojos. "Aún no" murmuró. Los cerré nuevamente. Colocó sus brazos alrededor de mi cintura y volvió a besarme. Esta vez correspondí sin miedo. Seguramente haya sido un beso realmente torpe, después de todo, era el primero.

Saludó como lo hacía todos los días y se marchó caminando.

Esa noche no pude dormir. Le escribí una carta a mi abuela Mary contándole lo sucedido. Sentía ambos, miedo y felicidad.

PESADILLA

Era de noche. No había nadie más allí.

¿Dónde estaba? Damián no lograba ajustar su vista a la oscuridad que lo rodeaba.

Dio algunos pasos y tropezó. Sintió el pasto en su cara y reconoció el asqueroso sabor a tierra húmeda. Se encontraba en algún lugar al aire libre. Posiblemente un parque.

Se puso de pie y buscó el celular en su bolsillo. No tenía batería.

Creyó ver una sombra. Se volteó.

Una melodía comenzó a sonar. Se trataba de una canción de su banda.

—¿Dany? —llamó a su amigo. No hubo respuesta.

La música comenzó a distorsionarse hasta parecer simplemente un CD rayado.

Otra vez el silencio.

Sus ojos comenzaban a adaptarse a aquella penumbra.

Divisó un árbol y se acercó lentamente. Las ramas estaban secas, sin hojas. Arrancó una para usarla como guía.

Siguió caminando. Se preguntaba si así se sentían los ciegos. Era aterrador y él se asustaba muy fácilmente.

El palo golpeó algo. En su interior, una voz le dijo *"No mirés"*, pero el bajista era un chico curioso.

Se agachó junto a la piedra. Su brazo se movió por sí solo, conjurando un halo de luz. Estaba frente a una roca con algo escrito.

Una tumba.

Se colocó sus lentes que llevaba, por algún motivo, enganchados del cuello de la remera. Intentó leer.

"Torres, Daniel. 1988 – 2015. Murió en un accidente automovilístico."

Damián estaba confundido.

La luna se asomó entre las nubes dejando a la vista varias lápidas más. Leyó una por una.

Gerardo Schimer. 1985 – 2031.

Nicolás Faria. 1987 – 2016.

Eduardo Bertura. 1964 – 2024.

Eleonora García de Bertura. 1966 – 2025.

Larissa Bertura. 1995 – 2040.

Todos estaban muertos.

¿Qué año era? Intentó encender su celular una vez más. No funcionó.

Una sombra se acercó sigilosamente. ¿Diana? No, no podía ser ella, se trataba de una persona mucho más alta.

Un hombre que aparentaba tener aproximadamente setenta años y vestía un uniforme militar se sentó sobre la piedra funeraria de su madre.

—Hola pequeño, siempre he querido conocerte.

—¿Abuelo? —preguntó el bajista, confundido. Las ideas en su mente se acomodaron en un instante—. Vos sos un dragón... es decir, eras. O lo que sea.

El anciano asintió con la cabeza.

—Simplemente quería mostrarte esto para que estés preparado. En menos de cien años todos aquellos seres que amás morirán. Son humanos. Los perderás a todos. Uno por uno.

—¿Y mi hermana? ¿Ella no es un dragón?

El hombre negó con la cabeza.

—Es solo media hermana tuya, del lado humano de la familia. No es descendiente mía —explicó—. Pronto vas a estar solo, eternamente solo ya que no importa cuantos amigos tengas, todos ellos desaparecerán. A vos te quedan más de dos mil trescientos años de vida en soledad. —Sonrió sarcásticamente—. Espero estés listo para afrontarlo. Incluso tu amiga alada morirá cientos de años antes que vos —le recordó.

La imagen de su abuelo se desvaneció y ahora siluetas representando a sus conocidos aparecieron sobre las tumbas—. Soledad —dijeron en coro.

Damián se despertó repentinamente en medio de la noche. Estaba agitado, con la respiración entrecortada. Sentía la transpiración, fría, corriendo por su nuca. El corazón latía mucho más veloz que de costumbre.

Se llevó una mano a la frente mientras que con la otra intentaba encender el pequeño velador que tenía junto a la cama. La luz lo cegó por varios segundos, obligándole a cerrar los ojos una vez más.

Había tenido una pesadilla, la peor en toda su vida.

Llamó a Diana.

—¡Hola! —gritó ella—. Qué raro que me llamés a las cuatro de la madrugada ¿Está todo bien? —Se oía música y voces en el lugar.

—¿Dónde estás? —preguntó el bajista, confundido.

—Es mi cumpleaños y mis amigos organizaron una pequeña fiesta sorpresa en la casa de Juani que es bastante grande.

Él no sabía nada respecto. La iba a ver pronto y no tenía ningún regalo.

—Olvidé llamarte a medianoche, es todo —mintió—. Como sea, feliz cumpleaños, nos vemos en unas horas.

Tenía dos problemas. El primero era pensar en un buen regalo de cumpleaños. El segundo, hablar con Diana acerca de su sueño. Temía fuese una aparición, premonición o algo por el estilo.

Un regalo especial

Diana llegó tarde al ensayo de *Jaque Mate*. Se había quedado dormida luego de la larga fiesta la noche anterior.

Ingresó al viejo galpón corriendo. No había nadie allí. Dio unos pasos y tropezó con algo. Una caja envuelta con su nombre escrito. ¿Un regalo? Le parecía extraño que lo hubiesen dejado allí. Supuso que sus amigos estarían escondidos en alguna parte. Aguzó su ojo de aire y observó con atención.

Mosca estaba sentado detrás de su batería, Dany debajo de la mesa, Faru atrás del sillón y Damián encerrado en el baño.

—Puta madre —maldijo—. Llegué tan tarde que ya se fueron. —Tomó el paquete en sus manos y lo abrió. Era un conejo de peluche rosa con un parche en forma de la reina negra del ajedrez, logo de la banda, cosido en el medio. Sacó su celular para llamar a Mosca y agradecerle. Obviamente, el teléfono comenzó a sonar detrás de la batería.

Ya no era necesario ocultarse. Todos salieron de sus respectivos escondites y gritaron al mismo tiempo.

—¡Feliz cumpleaños!

Luego fueron a abrazarla.

A diferencia de Damián, Mosca sí recordaba la fecha y había comprado aquel regalo en nombre de todos. Siempre era muy detallista. La chica agradeció el juguete y se sentó en el viejo sillón, abrazando al conejo, mientras sus amigos ensayaban.

—Y ahora una nueva canción —anunció Dany—. Un regalo más para nuestra fan número uno: *El tiempo no alcanza*.

La música comenzó a sonar suavemente, un inicio lento. Luego, la batería se sumó al armónico sonido mientras la guitarra y el bajo aceleraban su ritmo por un tiempo hasta que, al final, volvía a aminorarse la velocidad para convertirse en una melodía dulce.

El tiempo vuela, no se detiene.
El mundo avanza, la vida cambia.
Los días corren, los años pasan,
pero el tiempo nunca es suficiente.

Tres mil años no alcanzan,
estaremos unidos por siempre.
Tres mil años no alcanzan,
seremos amigos por siempre.

Las horas pasan.
Los días pasan.
Los años pasan.
Todo pasa.

La gente va y viene,
el mundo no se detiene.
En este lugar, en otro lugar.
Iremos allí, volveremos acá.

Pero seremos amigos por siempre.
Por siempre.

Tres mil años no alcanzan,
ni siquiera para recorrer el mundo.
Tres mil años no alcanzan,

para poder conocerte.

Y sé que el tiempo es cruel.
Podemos aprender a dejar el pasado atrás
para empezar de nuevo en otro lugar.

Tres mil años no alcanzan,
amigos por siempre.
Tres mil años no alcanzan.
nunca vas a perderme.

Estaré con vos hasta el final.
Es algo irreal.
Irremplazable,
un encuentro inevitable.

Con tres mil años no alcanzará
para poder olvidar
lo que alguna vez nos hizo reír
y hoy nos hace llorar.

Pero quiero hacerte una promesa,
que con sangre voy a firmar.
Aunque tres mil años no alcancen para nada,
seré tu amigo hasta el final.

Diana notó rápidamente que Damián había sido el autor de la letra. Se puso de pie, con lágrimas en los ojos y aplaudió con tal fuerza que sus manos se enrojecieron. Corrió a abrazarlo.

—Sos un idiota —murmuró—. Gracias, es el mejor regalo que me han dado desde 1883 —susurró para que nadie más pudiese escuchar la fecha.

El bajista no sabía cómo reaccionar. Había aprovechado su noche de insomnio para escribir aquella letra. La inspiración le había llegado velozmente, pero no tuvo tiempo suficiente para arreglar detalles o componer una melodía más elaborada.

—De nada— dijo. Sonrió, prometiéndose recordar que aquel día, era el cumpleaños de Diana.

Su regalo no estaba envuelto,

no era tampoco un paquete.

No se trataba de un objeto costoso,

pero su valor superaba al más grande diamante.

Operación Apocalipsis

Faltaba poco para poder llevar a cabo su misión. Los preparativos estaban listos. Había practicado el procedimiento en reiteradas ocasiones. Nada debía salir mal o sería el fin de una ideología que luchaba por la integración y la igualdad.

Era peligroso utilizar sus propias alas, por lo que Guillermo había robado un pasaporte a un turista francés que caminaba distraído por la ciudad. Había logrado imitar la imagen perfectamente para atravesar sin problemas la seguridad de los aeropuertos internacionales.

De él dependía realizar el sueño de sus compañeros, asesinados por la maldita elite que controlaba la vida de los descendientes desde hacía ya más de mil años.

Por primera vez en su vida, subió a un avión, sentándose cerca del acceso. Podría haber comprado un pasaje de mayor precio, pero viajar en clase turista le facilitaría el pasar desapercibido.

Los asientos eran realmente incómodos y le molestaba no sentir el viento despeinándolo al volar. Jamás comprendería por qué a tantos humanos les fascinaba trasladarse en esas latas de metal. No había nada más gratificante que desplegar sus propias alas y controlar el rumbo.

Cenó un plato de arroz, acompañado por una lata de cerveza. Intentó dormirse, pero los nervios y el temor se habían apoderado de él. Si lograba cumplir con su objetivo, era posible que, finalmente, la opresión llegara a su fin.

La guerra de razas había llevado a la anarquía una vez y podría hacerlo nuevamente. No ser controlados por nadie era mejor que vivir bajo un régimen casi monárquico, donde los representante parecían una corte de payasos interesados, que solo saben adular a un líder que odian y envidian.

Guillermo consideraba que les había hecho un favor a todos sus iguales cuando asesinó a Roland Feldman. Pese a que muchos descendientes no hubiesen conocido al antiguo líder, el chico sabía que sus acciones eran beneficiosas para toda la comunidad de dragones.

El joven español cerró los ojos, recordando a sus compañeros caídos y las viejas reuniones de la sociedad disidente. Guadalupe, Henry, Ronaldo, Vicente y tantos otros amigos con los que había compartido un sueño. Todos ellos se habían ido para siempre.

Luego, repasó el plan una vez más en su cabeza, intentando alejar los recuerdos.

Todo saldrá bien. Intentó auto convencerse, sin mucho éxito.

Su miedo no radicaba en el asesinato, sino en la huida. Debería ser veloz y proceder con cuidado. Iría al último lugar donde lo buscarían. Buenos Aires. Allí cambiaría su aspecto e identidad el tiempo que fuese necesario. Desde dicha ciudad, se encargaría de organizar una nueva sociedad disidente latinoamericana, a la que todos los dragones híbridos podrían sumarse.

Una voz anunció el descenso y pronto aterrizaje de la nave. El vuelo acababa de arribar a China.

LIDERAZGO

Noviembre. Shanghái.

El anciano Kisho miró el gran reloj que colgaba junto a la ventana. Ya era tarde y debían comenzar la sesión. Cerró la puerta y tomó control de la reunión.

—Siendo las diez de la mañana, comenzaremos con la agenda del día. —Entregó un par de papeles impresos a Ágata, quien había sido designada como líder temporaria hasta el momento de las elecciones.

La mujer aparentaba tener alrededor de cincuenta años. Su cabello era largo y enrulado de color negro azabache y su rostro era moreno y redondo como un plato, con tanto maquillaje que parecía un payaso. No medía más de metro y medio y solía usar zapatos con altas plataformas. Para esta ocasión, lucía una pollera larga, roja, acompañada por una camisa floreada en el mismo tono. De su cuello colgaban más de cinco collares de distintas formas y tamaño. Cuando movía sus brazos, los casi veinte brazaletes dorados sonaban como campanas de árbol de Navidad. Finalmente, todos sus dedos llevaban anillos caros. Definitivamente se veía como una bruja gitana. Sí, se trataba de una descendiente de la tierra.

Ágata se puso de pie y observó velozmente a sus compañeros, en su mayoría hombres, casi enteramente vestidos de negro.

—Buenas tardes —saludó cordialmente con su gruesa voz—. La agenda de hoy no es realmente larga, pero sí muy importante. Se ha establecido que en el día de la fecha debemos escoger a nuestro próximo líder, un dragón de mi raza. —Pronunció esto último con orgullo—. Sin embargo, uno de los candidatos está ausente y no ha sido visto desde pocos días después de la muerte de Roland Feldman, por lo tanto, el Señor Gianni Di Carlo queda automáticamente a cargo del puesto.

El italiano se puso de pie mientras el resto de los presentes aplaudía. Todos conocían el poder político del hombre, sus contactos y la relación directa que mantenía con la mafia. Los presentes imaginaban lo sucedido con Dae-Hyun, pero preferían no hablar al respecto. Para ellos era conveniente apoyar al nuevo líder, intentando conseguir su simpatía.

—Muchas gracias a todos —dijo el italiano—; me alegra que finalmente haya un representante de la tierra como líder de esta organización —afirmó—. De ahora en adelante habrá muchos cambios en el sistema.

Pero no fue capaz de decir más. Todo sucedió muy rápido. La ventana se abrió repentinamente y una ráfaga atravesó la sala a gran velocidad. Muchos creyeron ver una figura borrosa moverse en el viento. Con la misma rapidez que había ingresado, rodeó la mesa rectangular frente a la cual estaban sentados los dragones y luego, volvió a salir por la ventana.

Silencio.

Todos los delegados se miraron confundidos. Sabían que no había sido simplemente un poco de viento. Era algo más, un tipo de magia que nadie conocía o, quizás, un ser volador capaz de romper la barrera del sonido.

Se oyó un ruido. El inconfundible sonido de un objeto pesado al caer.

Di Carlo estaba en el suelo, atravesado por una espada.

Los dragones tardaron varios segundos en reaccionar. Estaban perplejos. Kisho se acercó a la ventana intentando divisar al atacante. Era demasiado tarde, para ese entonces Guillermo se encontraba ya fuera de la ciudad.

Capitulo XI

Siempre he sido una persona decidida. Alguien con mucha autoestima. Salvo por el día en que recibí una carta de mi abuela que cambió mi forma de ver el mundo.

Si bien el documento se ha perdido (Lo rompí con enfado), recuerdo a la perfección el texto que cito a continuación.

Querida nieta:

Lejos de sentir júbilo alguno, me preocupa enormemente tu situación. Temo, pequeña mía, que hayas olvidado quién eres en realidad.

Sabes bien que no me agrada en lo más mínimo el escribir cartas con información sobre quienes somos, pero haré una excepción por ti mi querida niña.

No me considero capaz de brindarte mis bendiciones ante la noticia que me has dado y, contrariamente a ello, me preocupa tu decisión.

Eres ya una mujer madura, pero al mismo tiempo una jovencita sin experiencia. Quizás el tiempo haya borrado de tu mente aquellas anécdotas que te he contado sobre mi esposo.

Enamorarse de un humano es peligroso tanto para ellos como para nosotros. Estoy segura que este joven del que me contaste no conoce tu verdadera identidad y, aunque se lo explicaras, sería incapaz de comprenderlo.

Pero mi niña, no es ello lo que me acongoja, sino tu ingenuo corazón. Has de saber que no existe forma alguna de prolongar el ciclo de vida humano, lo cual significa que perderás a tu amado en menos de un siglo.

Pequeña mía, te quedan más de 2000 años por delante. No permitas que tu corazón se parta aún.

El amor ha sido una bendición de la cual no me arrepiento, pero ha dejado en mí una cicatriz incluso más dolorosa que la de aquella tormenta en la que perdí la capacidad de volar.

Diana, no quiero que sufras como lo hago yo desde el día en que tu abuelo abandonó este mundo.

Piénsalo bien, no tomes una decisión como el matrimonio a la ligera, no entregues tu corazón hasta que no sientas que estás lista para afrontar la tormenta que se cernirá sobre ti por el resto de tu vida.

Lo siento mucho. Realmente lamento que esta no sea la carta que esperabas recibir. Espero sepas comprender este punto de vista basado en mi experiencia personal.

Te quiero, pequeña. Desearía que estuvieses aquí conmigo, donde podría protegerte como antes.

Sea cual sea la decisión que tomes, decide no solo con tu corazón sino también con tu mente. Espero que puedas encontrar el camino correcto a la felicidad. Sabes que siempre estaré orgullosa de ti, sin importar lo que hagas.

Mary

Lloré por horas. Me enfadé con ella al punto de destruir la carta. Tenía razón.

Por varios días evité ver a Luis, fingiendo estar enferma. Necesitaba tiempo para pensar.

HUIDA

Guillermo sabía que el tiempo era limitado, al igual que sus poderes. Voló a gran velocidad, sin destino, hasta poder alejarse de la ciudad.

Aterrizó cuando ya no podía soportar el dolor de sus alas ¿Dónde estaba? Claramente se trataba aún del continente asiático, pero no estaba seguro del país. Había huido por casi tres horas en dirección sudoeste.

Deseó poder hablar un poco de inglés, con el cual podría ser entendido en cualquier parte del mundo. Pero lo odiaba. Consideraba que el español debería ser el idioma más importante ya que lo hablaban en más países.

Suspiró, resignado. Lo mejor sería descansar por unas horas y luego proceder como lo había hecho en Bélgica, robando un pasaporte.

Se sentó en el cordón de la vereda, agarrándose la cabeza con las manos. Estaba agotado. Sentía como su magia se había debilitado casi por completo. Cerró los ojos.

Se quedó así, quieto, por varios minutos hasta que oyó algo que llamó su atención. Había dos personas hablando en su idioma. Guillermo se volteó, buscando a los turistas. Se trataba de una pareja de entre treinta y cuarenta años de edad. Se puso de pie, acercándose a ellos.

—Disculpen.

El hombre tenía el cabello corto de color gris, canoso. Vestía bermudas de jean y una musculosa color verde musgo.

—¡Buenos días! —contestó, sonriéndole al joven.

—Me han robado —mintió el dragón—. Estoy perdido y no sé cómo regresar al hotel. Tengo que llamar a mi familia.

La mujer tenía el cabello rubio, teñido, con las raíces de color negro. Se trataba de una persona extremadamente delgada con enorme busto, atributo acentuado por el ajustado vestido blanco que llevaba puesto.

—Pobrecito, claro que te vamos a ayudar ¿Cuál es tu nombre?

—Guillermo. Me llamo Guillermo Hernández. Soy de Barcelona —confesó. No le importaba que un par de humanos conocieran su identidad.

El hombre le habló a su esposa.

—¿Por qué no te quedas comprando suvenires mientras yo acompaño a nuestro amigo al banco así le presto algo de dinero?

Ella asintió, despidiéndose cordialmente de ambos.

Era su oportunidad. El dragón dijo querer regresar al hotel, guiando al desconocido por las calles de aquella ciudad. Luego de casi media hora, finalmente habían encontrado un lugar desolado.

—¿Estás seguro que el hotel es por aquí? Me parece que te equivocaste.

Pero el español no contestó. Se abalanzó sobre el hombre, apuñalándolo con un cuchillo de cocina que llevaba en el bolsillo trasero de su pantalón. Utilizó la poca magia que aún le quedaba para crear una barrera que ahogara el sonido. No le agradaba matar inocentes, pero en ciertas ocasiones, era una necesidad.

Una vez el extraño dejó de moverse, Guillermo se arrodilló junto a él, buscando la documentación. Encontró el pasaporte. Julio Ceballos, Colombiano. Esa sería su próxima identidad.

Concentró toda su magia hasta lograr cambiar su apariencia. Posteriormente, detuvo un taxi para ir al aeropuerto.

—Airport —dijo. La única palabra en ingles que conocía.

Consiguió un pasaje para Montevideo. No estaba tan mal, solo esperaba ser capaz de mantener aquella apariencia el tiempo suficiente y, al llegar, utilizar sus alas para arribar a Buenos Aires.

HÍBRIDOS

Guillermo no conocía Buenos Aires. Era la primera vez en su vida que recorría las calles porteñas. Parecía un lugar agradable, donde le sería fácil esconderse por un tiempo.

Luego de haber cruzado el Rio de La Plata volando, tomó un taxi al centro de la ciudad donde, como primera medida, compró una pequeña computadora portátil y entró a un restaurante de comida rápida para obtener señal de wi-fi. Tenía algo que hacer.

Ingresó al sitio web de la OPS y escribió el nombre de su padre, junto con la contraseña que había encontrado en su viejo hogar.

Su progenitor, Álvaro Hernández, había pertenecido a la organización por varios años, así que a pesar de haber sido expulsado hace años, seguramente existía una cuenta a su nombre.

La página tardó casi un minuto en cargar. El español logró acceder al sitio. Ahora podría consultar todas las bases de datos exclusivas para miembros del comité.

Buscó la sección que listaba a los dragones del mundo con su información correspondiente, divididos por país de residencia. Allí estaba lo que él buscaba. Diana Bogdánov, híbrida, de 293 años de edad. Estudiaba restauración y vivía en el barrio de Palermo. Pero no decía la dirección exacta.

Estaba, al menos, un paso más cerca de formar una nueva asociación como la que había sido destruida años atrás. Dentro de poco tiempo, la importancia de los descendientes mestizos seria reconocida.

Apagó la computadora que ya tenía poca batería y se acercó al mostrador.

—Disculpe —se anunció— ¿Podría alguno de vosotros decidme cómo llegar a Palermo?

Una de las chicas le dirigió una sonrisa.

—Claro, caminá unas cuatro cuadras por esta avenida y vas a ver un cartel redondo verde, del subte. Te lo tomás y podés bajarte en varias partes de Palermo ¿A dónde exactamente querés ir?

Guillermo estaba confundido, encontrar a esa chica sería más difícil de lo que pensaba. Deseaba profundamente que, al igual que en la foto de la web, tuviera el pelo rosa.

—Tengo que ir a buscar a una amiga. He perdido su dirección.

—Si vas por esa zona fijate que en la estación Bulnes está el shopping Alto Palermo —recomendó la muchacha—; es un lugar genial.

Maldito sea el jodido acento argentino y todos sus modismos. Si tienen origen en las colonias españolas, ¿Por qué coño no pueden hablar el idioma como en Europa?

—Gracias —contestó y luego siguió las indicaciones ¿Qué era un shopping? No lo sabía, pero definitivamente sonaba como una palabra en inglés. Tal vez se trataba de un instituto de idiomas o algo por el estilo. No le importaba.

Le costó casi media hora comprender el modo de ingreso al subterráneo. Había que comprar el pase con efectivo y él tenía únicamente su tarjeta de crédito. No era un problema. Cuando el primer tren, abarrotado de gente llegó a la estación, Guillermo logró fácilmente tomar una billetera. Ahora sí, podía viajar.

Subió al subte de la línea D, en la estación 9 de Julio. Se estaba quedando dormido cuando vio algo que llamó su atención. Una chica de cabello mitad rubio y mitad rosado. Se parecía mucho a la fotografía. Tenía que ser ella.

Diana estaba hablando con su amigo Juani. Habían ido al cine a ver alguna película infantil y luego a comer en el centro de la ciudad. Ahora regresaban a sus hogares. O al menos eso entendió Guillermo, a quien le costaba bastante descifrar la forma de hablar de los argentinos.

El español debía seguirla. Se puso de pie para mantenerse despierto. La observó durante todo el trayecto a través del reflejo en la ventana del vagón.

Se bajaron en Bulnes. *Bendito Shopping*. Pensó Guillermo.

REEMPLAZO

Diana no pasó siquiera un minuto en soledad aquel día. Juani regresó con ella hasta el departamento. La chica había sido invitada a un concierto de *Jaque Mate* cerca de la casa de su amigo humano. Por ello, irían juntos hasta allí.

—Dame un segundo para cambiarme.

Corrió a su habitación en busca de un nuevo vestuario y regresó poco después luciendo calzas negras con tachas plateadas en los costados y una camisa, también negra, sin mangas que le llegaba a la rodilla.

—Listo, vamos.

Tomaron un taxi hacia el barrio de Flores. La chica descendió del vehículo en el teatro donde se llevaría a cabo el concierto, mientras su amigo continuaba el viaje hasta su hogar.

Damián la esperaba en la puerta. Parecía preocupado. Corrió hacia ella.

—Por favor, decime que cuando practicás con Mosca tocás temas de nuestra banda.

Diana asintió.

—Algunos, no todos.

Eso era más que suficiente para el bajista.

—Entonces apurate. Entremos que tengo que pedirte un favor más grande que una casa.

Corrieron hacia la parte de atrás del escenario, donde las bandas acomodaban sus cosas y descansaban.

Cuando entraron, todos se abalanzaron sobre la chica.

—¿Sabe? —preguntó Dany.

—¿Podremos salir al escenario? —cuestionó Faru.

Ella no comprendía lo que estaba sucediendo.

—Cálmense todos —ordenó Damián, de mal humor—. Diana dice que sabe algunos temas, así que deberemos ajustar el repertorio para tocar esas canciones. —Miró a su amiga—. Escuchame, necesitamos tu ayuda. La mamá de Mosca se cayó por la escalera esta mañana y él está en el hospital cuidándola. Necesitamos que lo reemplaces.

La joven empalideció. Tenía pánico a los escenarios, no quería estar frente al público.

—No, no, no. Yo no puedo hacerlo. Me da miedo.

—Sos nuestra única salvación —admitió Dany—; además, la batería está al fondo. Casi nadie te va a ver.

Faru se puso de rodillas frente a ella.

—Diana por favor. Si nos ayudás, hago lo que sea, no sé, sería tu sirviente por un mes o algo así. Como en las películas —rogó.

Ella comenzó a reír.

—Okay. Parate. No necesito que hagas nada de eso. Lo voy a hacer, pero solo si puedo elegir el orden de los temas para sentirme más cómoda con la situación.

Todos asintieron. Era más que suficiente.

Utilizaron el tiempo que les quedaba antes de comenzar el concierto para memorizar la nueva lista de temas. Como se trataba de un recital de tres bandas, solo debían tocar cinco temas: Nunca más, Poeta asesino, Locura, Gente común y Por siempre.

Al salir al escenario, todos estaban nerviosos, pero afortunadamente, la presentación salió casi perfecta y nadie, salvo Damián, notó dos pequeños errores de tiempo.

—Gracias a todos por haber venido —dijo el cantante al público—. Quería presentarles a la banda.

La gente gritaba.

—En la guitarra, Faru, —hizo una pausa para que la audiencia aplaudiera—, en el bajo, Damián; —repitió el procedimiento—.

Como invitada especial, salvando la noche, Diana. La novia de nuestro bajista —bromeó. Notó que ambos se sonrojaban y lo miraban enfadado—. Finalmente, su humilde servidor. El cantante con la mejor voz de Buenos Aires, yo, El Dany —saludó al público—. Esto fue *Jaque Mate*, espero que lo hayan disfrutado y vengan a nuestro próximo show ¡Adiós!— se despidió y todos salieron por el costado del escenario.

Guillermo observaba el show desde el público. Había notado que Damián no era humano. Le molestaba. No podía perdonar que aquella híbrida saliera con un dragón puro. Debía hablar con ella lo antes posible.

Alas de libertad

Finalizado el show, Diana y sus amigos se sentían aliviados y, al mismo tiempo, llenos de felicidad. La función había sido maravillosa.

Todos felicitaron a la chica con cálidos abrazos y dulces palabras. Ella se sentía parte de una familia, algo que no sucedía desde hacía ya más de un siglo.

Fueron a comer pizza a una esquina cercana al teatro. Allí bebieron unas latas de cerveza para festejar en honor a la baterista suplente, su salvadora.

Ya era casi medianoche cuando decidieron marcharse. Dany y Faru se fueron en colectivo mientras que Damián y Diana se dirigían al auto del bajista.

Se rindieron luego de varios intentos. El vehículo no funcionaba, lo cual era muy extraño. El chico no poseía conocimientos de mecánica por lo que le resultaba imposible repararlo. Llamó a su padrastro, pero era tarde y no contestó. Estaría durmiendo.

—Lo siento —se disculpó Damián—, tendremos que tomar un taxi o algo. No te preocupés, yo pago.

Diana sonrió.

—Yo te llevo. —Le guiñó un ojo y observó a su alrededor—. Perfecto —murmuró al notar que no había nadie cerca. Desplegó sus alas, tomando a su amigo por la cintura —¿Listo? —No esperó obtener una respuesta. Ascendieron velozmente hasta sobrepasar la altura de los edificios—. Vamos a dar una vuelta.

Damián comenzaba a superar su miedo a las alturas, aunque el hecho de ser abrazado por la cintura y cargado le resultaba algo perturbador. No era exactamente normal que las mujeres cargaran a los hombres.

Desde la vereda, Guillermo los observaba. Decidió seguirlos. Había confiado en que el sabotaje del auto causaría que ambos tomaran distintos caminos. Se había equivocado.

Volaron por encima del centro de la ciudad. La vista de las luces era hermosa. Se trataba sin duda de un sitio lleno de vida.

—Es maravilloso —dijo Damián, sorprendido.

—Lo sé, me encanta salir por las noches. Amo Buenos Aires.

Aterrizaron en la cima de uno de los edificios más altos de Puerto Madero. Desde allí, el paisaje que podía apreciarse parecía salido de una película. No solo se observaban las luces de edificaciones y vehículos, sino también el reflejo de ellas en el agua. Y, en la lejanía, Diana lograba divisar la costa uruguaya.

Guillermo descendió en una construcción cercana, vigilándolos. Esperaba con ansias el momento en que se separaran. Necesitaba hablar con la muchacha y deshacerse de aquel molesto sangre pura de cabello ondulado.

Se sentó y cerró los ojos, concentrándose en la conversación que transcurría a casi seiscientos metros de allí.

—Este es mi lugar secreto —confesó Diana—. Suelo venir sola cuando estoy un poco triste. Siempre me alegra ver mi ciudad. Mi hogar. —Ya no hablaba con el bajista, lo hacía con ella misma.

—Me temo que ya no es un secreto —bromeó Damián, tomando la mano de la chica inconscientemente.

—Aún es privado porque no podés volar. —Se sonrojó levemente—; pero no me molesta que vengas. —Su voz se volvió un murmullo—. Desde que nos conocimos, te convertiste en lo único que me hace sonreír tanto como este paisaje. Gracias. Nunca pensé que podría tener un amigo tan especial.

—Yo me siento igual. Además, envidio tus alas —dijo el bajista—. Gracias a ellas sos totalmente libre para irte cuando quieras. No tenés que rendirle cuentas a nadie. Tampoco necesitás dinero. Podrías desaparecer si así lo planearas.

Ella negó con la cabeza.

—No lo haría. Sabés que no me iría sin que lo supieras. De hecho, si quisiera abandonar Buenos Aires posiblemente te pediría que me acompañes. —Apretó la mano del chico con un poco más de fuerza, como si intentara demostrarle que no pensaba alejarse de él.

Fue el fin de la conversación. En sus mentes, las ideas se arremolinaban. Ambos le temían al futuro y preferían no hablar del tema.

Se quedaron en silencio, tomados de las manos frente al hermoso paisaje nocturno. Entre ellos había un pacto no hablado, una promesa tácita. Un sentimiento compartido que era más fuerte que cualquier otra cosa.

No estaban listos para enamorarse. Ninguno de ellos quería hacerlo. Eran realmente felices con aquel lazo de amistad tan sólido que poseían y, al parecer, nadie podía comprender. Les esperaban más de dos mil años juntos y no deseaban arriesgarse a perder a un ser tan preciado. La decisión había sido tomada ya; tenían la amistad más hermosa que cualquier humano o dragón hubiese visto jamás. Verían al mundo cambiar y serian testigos de importantes sucesos. Juntos, como los mejores amigos que eran.

VECINOS

Aquella mañana Guillermo había pasado varias horas arreglando su ropa y afeitándose para no parecer un vagabundo. Pretendía causar una buena primera impresión.

Poco después de las diez de la mañana, el español se acercó a la puerta del departamento de Diana. Golpeó una vez pero no hubo respuesta. Volvió a intentarlo, con más fuerza. Oyó un ruido en el interior y esperó con paciencia.

La chica estaba aún durmiendo y se asustó por el golpeteo. Miró el reloj, preguntándose quién la molestaría un domingo tan temprano. Se preguntó si sus amigos se sentirían igual cuando era ella quien los despertaba.

—¡Ya voy! —gritó mientras se cepillaba el cabello velozmente. Su pelo solía enredarse mucho durante la noche. Finalmente, se acomodó el camisón negro y abrió la puerta. Estaba aún somnolienta y algo enfadada. Quería seguir durmiendo.

—¿Hola?

—Buenos días Diana —saludó el extraño que, de alguna forma, sabía su nombre. La híbrida se frotó los ojos para observar mejor. El chico tenía la misma heterocromía que ella.

Cubrió su boca con la mano derecha y bostezó.

—Ho... hola ¿Quién sos? ¿Te mandaron de la organización o algo?

Guillermo negó con un movimiento de cabeza.

—Te he estado buscando. Necesito hablar contigo, eres una de las mías.

—No entiendo nada pero dale, pasá a desayunar así me explicás mejor.

La joven preparó mate y tostadas con dulce de frambuesa mientras el extraño inspeccionaba la peculiar decoración con la mirada.

—Tienes un hogar acogedor —mintió.

—Gracias. —Diana se sentó frente a él, ofreciéndole mate, aquella infusión tan argentina que era desconocida para el español—. ¿De dónde sos? ¿Cómo sabés mi nombre?

—Soy Guillermo Hernández y he venido desde España.

—Ahora que lo decís, tu acento es raro.

Al chico le molestó ese comentario.

—La rara eres tú. Yo hablo el idioma correctamente, fueron ustedes los latinoamericanos quienes lo deformaron —se defendió.

—Calmate un toque —pidió ella—. Nunca dije que fuera algo malo. Me encanta escuchar como hablan en otros países. —Sonrió amablemente—. Entonces, volviendo al tema ¿Qué hacés acá?

Guillermo no había planeado una buena excusa.

—En realidad, he decidido mudarme a este país. Dada mi situación actual, es la única forma que tengo de ocultar mi aparentemente eterna juventud. —Consideraba que aquel argumento era suficientemente bueno y creíble—. Sabía que había otra persona como yo en Buenos Aires y decidí pedirle que me enseñara la ciudad y sus costumbres.

—¡Eso es genial! —Se sentía emocionada de conocer a otro dragón, aunque le costaba demostrarlo. Acababa de levantarse y todavía no era capaz de reaccionar con total lucidez—. Tengo un amigo que también es un descendiente. Ambos podríamos ayudarte.

—No —dijo enfadado—. Jamás iré junto a un sangre pura.

Diana nunca había escuchado a otro dragón hablar de esa manera sobre los de su misma especie.

—Pero... —murmuró— Él es una excelente persona.

—Los híbridos como nosotros no deberían mezclarse con los puros. Es antinatural. Somos enemigos.

—Realmente me estás confundiendo. ¿Qué problema tenés con mi mejor amigo? —preguntó, desconcertada.

—Escucha con atención. Desde la creación de la OPS, el mundo de los dragones ha sido dirigido y administrado solo por los descendientes más puros, provenientes de largas familias que jamás se han mezclado con la raza opuesta. Ellos desprecian a los híbridos como nosotros. Por ejemplo, mi padre fue expulsado del comité hace aproximadamente veinte años. Él no sabía que mi madre tenía en su sangre herencia del aire. —Gesticulaba con sus manos mientras explicaba—. Cuando yo llegué al mundo, me dieron en adopción, intentando ocultar mi origen. Pero no funcionó. El secreto fue descubierto. No podían tolerar que un dragón cuya familia se había mezclado con otra raza fuese parte del comité. No solo ello, los híbridos tampoco tenemos posibilidades de ocupar ningún cargo institucional en la OPS, ni tan siquiera para limpiar baños. Para ellos somos como perros a los que deben alimentar y mantener contentos para que no interfiramos en sus planes. —Bebió un sorbo de mate y se quemó la lengua. —¿Qué coño es esta infusión? —preguntó, llevándose una mano a la boca.

Diana no podía dejar de reír.

—Se llama mate, es una bebida común en Sudamérica. Se supone que la tenés que tomar suavemente, así. —Colocó más agua caliente en el recipiente y bebió despacio— ¿Ves? Yo no me quemo.

El chico la miró con odio. Había realizado hazañas que muchos creían imposibles y no le agradaba que se rieran de él por algo tan simple como aquello.

—Como sea. Ahora sabes que no deberíais ser amiga de alguien así.

—Dejá de decir boludeces. Damián no sabía que era un dragón hasta conocerme. Y aún ahora no tenemos información sobre su familia —suspiró—. Él es mi mejor amigo. Jamás pensaría cosas como las que mencionaste.

—Eso lo veremos —murmuró—. En un par de siglos posiblemente será reclutado por la OPS, con la condición de no poder volver a verte o algo por el estilo. ¿Quién puede resistirse a un cargo como ése? —Sabía que la organización estaba al borde de la disolución, pero no podía hablar al respecto.

—Se nota que no lo conocés —insistió Diana—. Deberías darle una oportunidad. Él no es así.

Guillermo no quería discutir con ella. Razonar parecía inútil, era hora de intentar el plan B que tomaría más tiempo. Haría lo posible por conquistarla y alejarla del pura sangre.

—Entonces, cambiando de tema ¿Por qué no me muestras la ciudad? Llévame a donde te parezca mejor.

—Dale. Como es domingo hay muchos lugares cerrados hoy. Vayamos al cine en el Abasto —sugirió—. Dame cinco minutos para vestirme.

Se encerró en su habitación para arreglarse mientras su invitado inspeccionaba los estantes colmados de libros. Podría aparentar interés en ellos para acercarse a la chica.

Anarquía

Nuevamente se cancelaba la reunión por la inasistencia total de representantes. El anciano Kisho estaba realmente preocupado. Desde el incidente que causó la muerte de Di Carlo, la agenda de temas a tratar en reuniones había alcanzado ya las cuatrocientas páginas, pero nadie ingresaba al edificio. La sala de reuniones permanecía desierta desde el asesinato.

El temor y la desconfianza se habían apoderado de los miembros del comité. Seres tan egoístas que preferían no cumplir con sus obligaciones, siempre y cuando eso significara su seguridad. No les importaba solucionar problemas, investigar el homicidio, ni realizar las tareas de rutina. Los descendientes de la tierra sospechaban, obviamente, de los hijos del aire mientras que estos últimos consideraban que la culpa recaía en los poseedores de la magia. Los menos, temían que el anciano Kisho fuese el perpetrador de los crímenes, con la intención de tomar el poder que, después de todo, merecía por tratarse del dragón con más experiencia en el mundo. Habían comenzado a formarse alianzas y pactos secretos entre miembros de una misma raza, acrecentando así el odio milenario que perseveraba desde la antigua guerra.

Kisho tenía una teoría que, para sus allegados, resultaba totalmente lógica. El asesino podía ser un híbrido con la capacidad de volar y utilizar magia. Era la única explicación posible. Sin embargo, en cierto punto, era una idea frágil y difícil de probar porque no había existido jamás un dragón heterocromo que pudiera hacer uso de ambas habilidades con tal destreza.

Llevaba ya varios días contactando a distintos descendientes alrededor del mundo, así como también a humanos poderosos que trabajaban en convenio con la OPS. Había conseguido algunos datos interesantes como el descubrimiento de una biblioteca con antiguos libros de magia en Bélgica, dentro del abandonado Château de Noisy. Algunas personas decían haber visto a un ser alado que, en los poblados cercanos creían era un ángel, ingresar y egresar de la antigua construcción en reiteradas ocasiones. Nadie podía describir al dragón, pero aquella información concordaba con las habilidades e intereses de un hibrido. Desde Uruguay, había conseguido otro dato llamativo. Se había visto una figura alada sobrevolar el Río de la Plata pocos días después del atentado. Seguramente había alguna relación entre estos hechos. No podía sacar conclusiones. Pero había grandes posibilidades de que el culpable se hallara ahora en Sudamérica. En un principio, Kisho había descartado al antiguo grupo *Hermanos por la Igualdad*, una asociación ilícita de ideología anarquista que intentó destruir la organización en reiteradas ocasiones durante los últimos doscientos años. Aunque el anciano era consiente que esa era una muy pequeña posibilidad, después de todo, aún quedaba un anarquista con vida.

El comité se jactaba de haber eliminado a todos los opositores, pero existía un cuerpo desaparecido. Lamentablemente, por la forma en que murieron los rebeldes, era imposible reconocer quien faltaba. Ese dato frenaba totalmente la investigación. Sería difícil poder conseguir mayor información al respecto.

El anciano debía apresurarse. Sabía que si no se encontraba pronto al asesino, la organización podría desaparecer. Era posible que el superviviente de la masacre estuviera tomando venganza por sus compañeros caídos. Pero, al mismo tiempo, dudaba poder atraparlo a tiempo.

Una idea cruzó por su mente. Realizaría una corta investigación y, en caso de no hallar al culpable, designaría un chivo expiatorio. Alguien cuya muerte no tuviese repercusiones entre los dragones. Recordó a la chica de Buenos Aires. Era alguien con la capacidad de volar que estaba enseñando magia a un descendiente de la tierra. Si la historia volvía a repetirse, una nueva guerra comenzaría, dando inicio a la destrucción de todos los seres que habitaban el planeta. La combinación entre el poder de los dragones y la fuerza destructiva de las armas humanas causaría el apocalipsis del mundo conocido. Pronto se llevarían a cabo los primeros ataques entre hermanos dragones. No quedaba demasiado tiempo antes del desencadenamiento de una nueva guerra. Kisho debía evitarlo a toda costa. No importaba si era necesario sacrificar a un inocente.

ABASTO

Diana era una chica realmente hiperactiva. Mientras volaban al Abasto, se desvió casi doce veces para señalarle a Guillermo diversos edificios históricos y esculturas de personas famosas en la historia argentina tales como Juan Manuel Fangio y Carlos Gardel.

Llegaron al shopping cuando había pasado ya el mediodía y se dirigieron directamente al sector de cine. Ella corría a toda prisa, arrastrando al español como si se tratase de una mascota.

—¿Cuál querés ver? —preguntó, señalando la cartelera.

—Ninguna —admitió él—. Preferiría recorrer el lugar y comer algo. Me cruje la tripa. —Posó una de sus manos sobre el estómago que no dejaba de quejarse.

Guillermo estaba levemente preocupado. La híbrida era demasiado llamativa, no solo en cuanto a su aspecto sino también en personalidad y él quería pasar desapercibido. La miró en silencio. Diana se había colocado medias estilo bucaneras. Una de ellas era rayada en blanco y negro mientras la otra era roja. Vestía también una pollera de jean oscura de la cual colgaban cadenas plateadas y, sobre esto, una musculosa deportiva totalmente negra que dejaba ver parcialmente sus alas. Para colmo, llevaba en su cabello de dos colores, y un gran moño rojo con calaveras blancas adornándolo. Todos se volteaban a verla.

El español consideraba que se trataba de una chica muy bella, aunque le molestara su estilo de ropa. Suspiró resignado. Debía ganar su confianza.

Se dirigieron al patio de comidas donde ambos escogieron diversos estilos de almuerzo. Diana compró en el stand de pastas mientras que su nuevo amigo prefirió comida china. Les costó bastante encontrar una mesa libre, el sitio estaba realmente concurrido aquel mediodía.

Hablaron durante horas. El chico realizó un completo interrogatorio sobre la vida de la híbrida, sus amistades y familia. Ella era una persona abierta, no le ocultaba nada. Mientras tanto, Diana preguntaba sobre los viajes que el español había realizado. Él conocía muchísimos más sitios que ella y eso le fascinaba.

Se pusieron de pie y compraron dos conos de helado mientras continuaban con el recorrido. Diana llevó al español a los videojuegos y le mostró diversos locales de ropa que a ella le encantaban. Ambos sonreían con sinceridad.

En más de una ocasión, Guillermo llegó a olvidar quién era, su misión y plan. Ése era el poder de Diana, hacer felices a quienes la rodeaban. Por su lado, la chica no dudó ni un instante en la veracidad de las palabras del español. Confiaba ciegamente en las personas, especialmente en los de su clase. Creía que los dragones, al tener más experiencia que los humanos, aprendían y adquirían un grado mayor de moral que las personas comunes.

Ambos se sentían a gusto, como si se conocieran desde la infancia. Estaba naciendo una amistad sincera y real. Guillermo consideraba eso un grave problema ya que solo deseaba convencerla, pero no podía evitar disfrutar de aquella tarde en compañía de Diana.

Casi a la hora de cenar, regresaron a Palermo. El español se despidió diciendo haber alquilado un departamento en el mismo barrio. Prometió también volver a visitarla al día siguiente cuando ella regresara de la universidad.

Enemigos

Damián dejó otro mensaje en el contestador de su amiga. Habían pasado ya casi dos semanas desde que no podía contactarla. Estaba preocupado. No habían hablado desde la noche en que volaron por la ciudad. Había intentado interceptarla en la universidad, pero aparentemente siempre andaba con prisa. Algo no estaba bien.

Volvió a intentarlo.

—¿Hola? —dijo Diana al otro lado del teléfono.

—Che ¿Qué pasa? Te dejé varios mensajes y nunca me contestás.

—Ah, perdoname, no tengo crédito ¿Te puedo llamar en otro momento? Estoy entrando al teatro. Nos vemos.

El bajista comenzaba a preocuparse. Aquella mañana había hablado con Tamara antes que comenzaran las clases. La morocha mencionó algo sobre un nuevo amigo. Alguien con acento raro y heterocromía, al igual que la híbrida. Aparentemente estaban pasando mucho tiempo juntos.

¿Otro dragón en Buenos Aires? Le resultaba extraño, casi tanto como que Diana hubiese faltado a dos ensayos con la banda y las posteriores clases de batería. Algo andaba mal y no era simplemente su miedo a ser reemplazado por un nuevo mejor amigo de la chica alada. No, él confiaba en que su miedo a perderla no era el motivo de su preocupación, había algo más. Muchas cosas no encajaban. ¿Por qué ella no le había presentado a su nuevo amigo? ¿Era alguien de la organización? Quizás estaba en peligro. Tenía que hablar con ella.

Esperó hasta medianoche y se subió al auto. Iría a visitarla. Sus nervios lo abstraían de la realidad. Se pasó varios semáforos en rojo y estuvo a punto de chocar en reiteradas ocasiones.

Al llegar al edificio, vio luz en la ventana de su amiga. Ya había regresado. Damián no aceptaría otro *"estoy ocupada"* de parte de la chica. Utilizó su magia para abrir la puerta de entrada. Corrió escaleras arriba y golpeó la puerta del departamento con fuerza.

Cuando Diana abrió, se sorprendió de ver a su mejor amigo a esa hora de la noche. Lo invitó a pasar.

Al verlo, el rostro de Guillermo cambió drásticamente. Estaba enfadado. No le agradaba que el sangre pura estuviese allí. Había conseguido mantenerlo alejado por más de diez días.

—Tenemos que hablar —dijo el bajista—. Estoy preocupado.

—No es el momento —se excusó ella—. Estábamos a punto de mirar una película. Pero si querés podés unirte —ofreció sonriente.

No fue muy difícil para Damián el percibir el odio dibujado en la expresión del otro chico.

—Claro, eso suena genial. —Se sentó en el sillón junto al español, no permitiría que su amiga se acercara a aquel sospechoso muchacho. El bajista estaba realmente celoso.

—De acuerdo ¿qué prefieren? Tengo súper héroes, terror, infantiles y creo que alguna policial.

—Policial —dijeron ambos sin pensarlo. Les daba igual. La película no era importante. Ninguno de ellos quería estar allí. Les molestaba la presencia del otro, especialmente a Guillermo.

El español hizo un rápido movimiento de su dedo meñique logrando que la luz de todo el edificio se cortara en un instante.

—¿Justo ahora? —se quejó la chica—. Debería llamar a la empresa para que lo arreglen.

Guillermo se puso de pie.

—Oye Diana, mejor espera un rato. Nosotros iremos a ver si podemos reparar esto con magia. Mientras tanto, podéis ir a comprar helado —sugirió, tomando el brazo de Damián—. Ya regresamos. —Lo arrastró escaleras arriba hacia la terraza.

El mal humor de Damián había despertado una vez más.

—¿Qué te pasa, pelotudo? Te pensás que soy tarado ¿No? Si tantas ganas tenías de irte podrías haber desaparecido en vez de arruinar la luz —lo incriminó.

—Tú eres quien debería irse —contestó Guillermo—. Los sangre pura no deben mezclarse con nosotros.

Esto último había confundido al bajista.

—No sé de qué carajo me hablás, pero no voy a dejar que engañés a mi mejor amiga. Sos vos el que la está alejando de todos sus conocidos. Me da igual si se llevan bien, pero no podés mentirle más. Si vos no le mostrás quién sos en realidad, lo voy a hacer yo —amenazó— ¿Qué te creés? No soy estúpido. Sé que es culpa tuya que Diana me haya estado ignorando, imbécil.

—¿Tú? No me jodas —dijo el español con sarcasmo—. Déjame decirte algo. Podrás poseer magia, pero estás a varios siglos de alcanzarme. —Sé tomó un respiro antes de continuar hablando—. Si quisiera, sería capaz de matarte aquí y ahora. —Dicho esto, se acercó hasta ubicarse frente a su enemigo.

Damián le asestó un puñetazo en la cara.

—Dejate de joder y decime qué carajo querés con Diana —volvió a amenazar. Aunque él no lo notara, los celos estaban carcomiéndolo por dentro.

Guillermo se llevó una mano al sitio donde había sido golpeado.

—¿En serio quieres saberlo? De acuerdo, quizás debería contarte quién es el dragón que va quitarte a tu chica y a matarte.

—Primero que nada, Diana no es mi chica —aclaró—. Aparte, no podrías matarme. Dejá de decir boludeces. —El bajista se encontraba al borde de perder la paciencia.

El español se sentó en el suelo, cruzando sus piernas, decidiendo por dónde empezar. Prefería mantener a Damián con vida para no preocupar a su nueva amiga. Quizás, al contarle su historia, el bajista desaparecería de su vida por decisión propia.

—Mi nombre es Guillermo Hernández, nací en Barcelona en 1517. Soy hijo del renombrado mago Álvaro Hernández. Mi padre no sabía la ascendencia del aire que precedía a mi madre y fue expulsado de la Organización Para la Supervivencia cuando supieron que yo era híbrido. —Hizo una pausa—. Te sugiero que te sientes, aún tengo muchas cosas que contarte antes de acabar contigo.

Damián asintió en silencio y obedeció. No le temía al mocho.

—Esa es la misma organización que pidió a Diana que me entrene ¿cierto?

—Me sorprende que no sepas nada al respecto, pues tu abuelo paterno fue miembro del comité principal de la OPS.

El bajista estaba confundido una vez más.

Guillermo se encogió de hombros y retomó la conversación.

—Mi padre fue expulsado debido a que su hijo era un híbrido. La OPS solo acepta a familias puras de dragones. El gran Álvaro discutió con los líderes, hasta que le ofrecieron un trato. Tenía dos opciones. Podía matar a su esposa y a su primogénito para ocultar la mezcla o ceder sus poderes a la OPS a cambio de salvarle la vida a su familia. Obviamente escogió esta opción. No se convirtió en humano, sino simplemente en un hechicero sin magia que se suicidó pocos años después de perder su honor.

El bajista tragó saliva, no le agradaba la historia.

—Desde aquella época he jurado vengarme de la Organización por rechazar a los híbridos. Nos temen. Saben que somos más poderosos que ellos ya que somos portadores de ambas habilidades, pero no quieren que lo sepamos. Prefieren alimentar la imagen de la sangre pura como superior. —Sonrió—. Aunque ya les he demostrado que nosotros, los poseedores de ambas capacidades, conocemos nuestro poder.

—¿Qué querés decir? —Damián comenzaba a asustarse.

—A principios del siglo XIX, me uní a un grupo disidente cuyo lema era *"Integración o disolución"*. Nuestro objetivo era lograr que los híbridos fuesen aceptados en el comité o, de lo contrario destruiríamos la OPS. —Levantó la vista hacia el cielo—. Como puedes imaginar, fracasamos en nuestro intento por hacernos con el poder —suspiró—. Mis compañeros fueron asesinados hace poco menos de cien años. Únicamente yo sobreviví gracias a mi velocidad. He estado escondido, planeando mi venganza por bastante tiempo. Pasé los últimos cinco años recluido en un castillo abandonado en Bélgica hasta que, finalmente, hace unos meses, logré asesinar al líder de la OPS. Claro que eso para mí no era suficiente. Mi objetivo era disolver la organización por completo. Esperé a que el nuevo dirigente fuese elegido y lo maté frente al resto del comité. Seguramente en estos momentos todos sospechan de la raza opuesta a la que pertenecen. Comenzaran a asesinarse los unos a los otros y la Organización pronto llegará a su final. Con éste plan habré logrado vengar tanto a mi padre como a mis compañeros caídos.

En una fracción de segundo, Damián estaba sobre él, agarrándolo por el cuello.

—Pelotudo, eso puede desencadenar otra guerra como la que ocurrió hace millones de años. No puedo dejar que metás a Diana en esto. —La ira desfiguraba su rostro—. Te voy a matar, hijo de puta.

Sin embargo, Guillermo sonreía.

—Es muy tarde. La chispa que encenderá la guerra ya ha sido encendida. Y tu amiga es ahora mía. —Utilizó su magia para empujar al bajista—. Además, sé que tú no podrías matarme. Tú inexperiencia es tu debilidad. Aún te quedan varios siglos de aprendizaje antes de que puedas llegar a ser un rival digno de mi persona.

Damián no podía aceptar aquello. Estiró su brazo hacia el español, preparando un conjuro que había estado practicando.

—No quiero volver a verte cerca de Diana. —Cerró el puño como si intentara agarrar algo invisible. Guillermo sintió la presión rodeando su cuerpo. El bajista alzó el brazo al tiempo que el español era elevado por el aire—. No volvás —ordenó—. Su cuerpo se movió como si estuviese arrojando una pelota a lo lejos.

Instantáneamente Guillermo salió despedido por el aire, atravesando el cielo nocturno. El descendiente de la tierra vio cómo su enemigo desplegaba las alas en un intento por no estrellarse contra ningún edificio.

Estaba agotado. Había utilizado toda su magia para aquello. Era mucho más complicado llevarlo a cabo con una persona que con los peluches de su hermana. Regresó al departamento. Diana estaba allí, sentada frente a una vela. Preguntó qué había ocurrido. Damián dijo que Guillermo se había quedado sin magia por lo que prefirió regresar a su casa, y que él había sido incapaz de arreglar el asunto. Recomendó a la chica llamar a la compañía de luz.

—No te vayas —pidió ella—. No me gusta la oscuridad —admitió.

Al bajista le agradaba la idea de quedarse allí, asegurándose que el español no volviera. Consideraba que lo mejor sería explicarle a su amiga lo sucedido por la mañana.

—Dale. Tengo sueño así que me resultaría difícil manejar. —Se recostó en el sillón—. Me quedo acá.

La chica corrió a su pieza y movió el colchón de su cama hasta la habitación contigua, acomodándolo cerca de donde se encontraba su mejor amigo.

—Gracias. Buenas noches. —Apagó la vela que había encendido sobre la mesa y se recostó.

Capitulo XII

No estoy segura cuantos días me tomó el reflexionar sobre la carta de mi abuela Mary. Ella tenía razón en absolutamente todo y, sin embargo, yo no podía matar el amor que sentía por Luis Especialmente cuando ya estábamos incluso imaginando nuestra boda.

Lloré hasta que mis ojos se quedaron secos, sin más lágrimas para derramar. Había dejado de comer, dormir, bañarme o salir a la calle. En definitiva, había dejado de vivir.

En esos momentos deseaba convertirme en humana, vivir poco tiempo, pero junto a él. ¿De qué me servía ser un dragón? Estaba condenada a la soledad. Pensamientos suicidas llenaban mi mente. Quería desaparecer. Sabía que, sin importar la decisión que tomara, iba a perder a Luis tarde o temprano.

Cuando había comenzado a calmarme, preparé las cajas. Empaqué mis libros, algo de ropa y otras pertenencias importantes. Tomé un baño, arreglé mi cabello y subí a un taxi que me condujo al puerto. Allí, despaché todas mis cosas junto con una carta para mi abuela que decía lo siguiente

"Mary:

Disculpa que no te haya escrito tan pronto como recibí tu último mensaje. He estado pensando en lo que me has dicho y considero que tenés toda la razón.

Por ello, te envío aquí todas mis pertenencias para que las guardes temporalmente.

Tengo planeado abandonar Buenos Aires en la brevedad y volar a Europa. Aún no he decidido si establecerme en España o Inglaterra.

Prometo escribirte cuando posea una nueva dirección, así podrás regresarme lo que te estoy enviando.

Gracias por todo. Te quiero

Diana"

Con lágrimas en mis ojos, embarqué las cajas y me dirigí al Tortoni por última vez.

Esperé fuera del establecimiento hasta que Luis terminó su turno. Se alegró al verme. Vino hacia mi e intentó besarme. Lo detuve. "Tenemos que hablar" anuncié intentando no llorar. Por la expresión en su rostro, él supo instantáneamente que algo malo sucedía.

Caminamos hasta llegar a un parque bastante desolado. Luis sostuvo mi mano todo el tiempo, llenándome de culpa y dudas. No quería separarme de él.

No puedo citar exactamente las palabras que utilicé. Le mentí. Dije que mi padre se había opuesto a nuestra relación y que exigía mi raudo regreso. Le pedí que comprendiera lo incomprensible, que era el fin de nuestro romance. No habría más besos ni abrazos. Todo terminaba allí. Era hora de despertar.

Expliqué que zarparía esa misma noche y mis sinceros deseos de despedirme de él. Ambos lloramos, no queríamos separarnos.

Luis intentó pensar en soluciones como huir juntos o hablar con mi padre. Tuve que rogar que se detuviera. No existía forma alguna de permanecer a su lado.

Le dije que lo amaba reiteradas veces, eso era verdad y lo sigue siendo aún hoy. Él respondió que daría su vida por mí. Deseaba morir allí mismo para dejar de sufrir.

Pedí también que no fuese a despedirme al puerto, eso solo haría más dolorosa la partida. No tuve el valor de contarle la verdad, quién era y el motivo por el cual debía marcharme. Un humano jamás lo comprendería.

Nos besamos indiscretamente, por varios minutos, rogándole al tiempo que se detuviese en cada uno de esos instantes, manteniéndonos así juntos por siempre. Pero no ocurrió.

Lo miré a los ojos por última vez. "Nunca olvides que te amo." Fue lo último que le dije antes de salir corriendo de allí. "Siempre voy a amarte" me contestó, gritando mientras yo huía.

Me alejé lo más que pude y desplegué mis alas. Nunca más volví a verlo.

Me gustaría finalizar este capítulo admitiendo mi arrepentimiento.

El dolor en mi pecho era insoportable y, pocos días después de llegar a España, decidí escribirle a Luis. Envié una carta sencilla preguntando si seguía viviendo en el mismo lugar o si quien estuviera en esa casa sabía su paradero. Quería asegurarme que solo él pudiera leer la correspondencia que enviaba. Cuando recibiese una contestación, planeaba enviarle una carta que contara la verdad, diciendo que era un dragón y el motivo de mi huida. Tenía la esperanza de que, si él aceptaba la realidad, podríamos estar juntos por varios años más.

Sin embargo la respuesta a mi primer envió fue el fin de toda posibilidad de estar a su lado "Luis ha muerto poco después de tu partida. Enfermó gravemente y en una semana falleció. Lo siento mucho. No llorés, sé que él te está cuidando desde el cielo" lo había escrito su padre.

Creí que con los años la culpa y el dolor desaparecerían, pero no fue así. Si bien, al no pensar en lo ocurrido me siento relajada, cada vez que algo me recuerda a Luis, el llanto brota de mis ojos y la culpa llena mi corazón.

Juré no volver a enamorarme y vestir color de luto hasta que la muerte me tomara.

GUERRA

El perfecto orden en el que habían vivido los descendientes de dragones por cientos de años acababa de desaparecer con el brutal homicidio de Gianni Di Carlo. Una muerte seguía a la otra. Miembros de las dos razas eran asesinados sin piedad alrededor del mundo cada día.

Primero fue Olga Schwin, de tierra. La hallaron acuchillada en su hogar de Suiza. A ella le siguió Masato Yamaguchi, del cielo. El hombre fue víctima de un extraño accidente ferroviario en Tokio donde un tren se salió de control.

Pero esto era únicamente el comienzo. Todos los días se presentaban reportes en los que miembros de una u otra raza eran encontrados muertos alrededor del mundo. No solo quienes formaban parte del comité, sino también sus familias y otros dragones poderosos, empresarios y políticos. La situación era realmente delicada.

Poco después se formaron bandos, como en el pasado.

Los descendientes de la tierra se nuclearon bajo el mando de Onur Murat en Turquía. Su líder era un poderoso alquimista ermitaño, guardián de una de las más completas y antiguas bibliotecas de magia.

Mientras tanto, los dragones de aire escogieron exiliarse en Australia con Douglas Griffman como su líder. Un empresario dueño de varias fábricas de armamento tanto legales como ilegales que poseía, también, numerosos laboratorios para el desarrollo de armas químicas.

Momentáneamente, quienes se habían aliado a uno u otro grupo permanecían en paz, desarrollando estrategias y ataques para acabar con sus enemigos. No realizaban movimientos ofensivos, aún.

Kisho, el anciano, y sus seguidores pacifistas sabían que les quedaba poco tiempo. La guerra física se desataría en no más de un año. Debían utilizar cada minuto para evitar el comienzo del fin.

El viejo dragón tomó una dura decisión. Enviaría un grupo de profesionales a Sudamérica. Su misión seria espiar, durante un mes, a todo dragón híbrido registrado. Si en ese lapso no se encontraba al culpable, se capturaría a todos para la posterior tortura e interrogatorio. El primero en confesar (sin importar si lo hiciese solo para evitar más sufrimiento), seria culpado de los asesinatos y fusilado públicamente. De esa forma, se pondría fin a la desconfianza y el odio que todos los dragones sentían por la raza contraria y se restablecería nuevamente el orden de la OPS.

A veces era necesario sacrificar a unos pocos para la supervivencia de la especie. Después de todo, esa era la misión de la OPS, que los dragones, como especie, sobrevivieran.

Aquella lépoca de paz y tolerancia
era efímera
y estaba llegando a su fin.

Rehén

Damián despertó temprano y preparó un desayuno simple con las pocas cosas que encontró en la pequeña cocina: chocolatada con galletitas de agua y dulce de leche.

Colocó todo sobre la mesa y, suavemente, despertó a Diana llamándola por su nombre mientras le palmeaba el hombro.

La chica abrió los ojos, confundida.

—Hola. Me olvidé que estabas acá —admitió. Se sentó en el colchón—. Mi pelo debe estar tremendamente ridículo.

—Igual que todos los días —contestó Damián, esbozando una sonrisa—. El desayuno está servido, su alteza. —Señaló la mesa—. No entiendo cómo podés seguir cansada.

—No pude dormir —confesó la chica—. Me desperté cerca de las tres de la madrugada y ya había luz, así que prendí la compu y me puse a escribir. Cuando terminé me sentía mal así que estuve levantada hasta eso de las seis o las siete —explicó. No quería mencionar que el haber redactado el final de su relación con Luis la había hecho llorar por horas.

—Ya veo —contestó él. Sabía que cuando Diana escribía sobre su pasado solía sufrir bastante debido a los recuerdos. Prefería cambiar de tema—. Tengo que hablar con vos, es importante.

La chica bostezó

—¿Qué pasa? ¿Tuviste una pesadilla?

El bajista bebió el último sorbo de chocolatada y relató lentamente todo lo que había ocurrido. Las palabras y amenazas del español, la guerra que se aproximaba y cómo planeaba alejarlo de ella.

—Estás loco. —Fue la respuesta de Diana—. Guillermo me dijo que temía te pusieras celoso de nuestra amistad. Tenía razón, pensé que vos no eras así.

Damián estaba confundido.

—Te dijo eso porque seguramente él sabía que yo lo enfrentaría al saber la verdad —insistió— ¿Tanto te gusta el payaso ése que no te das cuenta cuando te engaña y te miente?

—¿Qué carajo te pasa? —se defendió ella—. Espero que no hayas lastimado a Guillermo. No hizo nada malo. —Se puso de pie repentinamente—. Me molesta la gente celosa.

El bajista odiaba ser llamado mentiroso y celoso.

—Primero que nada, jamás sentiría celos por una pendeja boluda como vos. Segundo, no sé qué te hizo ese hijo de puta para que le creas sus mentiras, pero ¿Sabés qué? Me da igual. Me voy. Disfrutá de tu nuevo mejor amigo, novio o lo que sea. —Se puso de pie y salió del departamento cerrando la puerta con fuerza. Una vez más, el bajista se había dejado llevar por su mal humor.

A pesar de todo, se quedó allí, contra la pared del pasillo. Damián se agarró la cabeza con las manos. No sabía qué hacer. Su mal carácter había empeorado la situación. Quería arreglar las cosas, disculparse. Sin embargo, no podía hacerlo hasta que Diana creyera en sus palabras. Tenía que probarle que Guillermo era peligroso.

Dentro de su hogar, la chica estaba enfadada. Se mantuvo de pie, en silencio, con lágrimas corriendo por sus mejillas. No quería perder a Damián. Era la persona más preciada para ella y, en el fondo, hubiese deseado que él confesara sus celos ya que, de cierta forma, son una demostración de cariño.

Repentinamente, el español, que había estado oyendo la escena desde el edificio de enfrente, ingresó volando por el balcón.

—¿Qué hacés acá? —preguntó Diana, secándose las lágrimas con una servilleta.

—Venía a visitar, como siempre y accidentalmente he oído la discusión. Ya te lo he dicho —contestó Guillermo—. Los sangre pura no pueden convivir con híbridos como nosotros. —La abrazó para contenerla—. Deberíamos irnos.

Ella lo alejó.

—¿A dónde?

—No lo sé, desaparezcamos —sugirió el chico—. Podríamos ir a las Bahamas o algo así.

—¿Te volviste loco? Yo no me voy a ningún lado. Buenos Aires es mi hogar. Tengo muchos amigos.

—Humanos que pronto morirán y un hijo de la tierra que acaba de gritarte. Sí que tienes buenos amigos —dijo con sarcasmo.

Quizás tuviese razón, pero ella igualmente deseaba permanecer allí.

—Podés irte solo. Este es mi lugar. —Seguía de mal humor.

El español se movió con rapidez, tomando a Diana del brazo.

—No te lo estaba preguntando. Te digo que nos vamos. No es seguro quedarnos aquí. —La arrastró hacia el balcón.

Ella gritaba mientras intentaba liberarse.

Damián oyó los gritos y golpeó la puerta. Nadie abrió.

—¡Diana! —la llamó con fuerza.

—¡Ayuda!

El bajista agradecía enormemente haber practicado con tanto ahínco sus hechizos. Abrió la puerta con un leve giro de su muñeca y observó la escena. Guillermo sostenía a Diana por la muñeca e intentaba arrastrarla hacia el balcón para poder huir, mientras ella utilizaba su brazo libre para aferrarse al marco de la puerta.

—¡Dejala en paz, hijo de puta! —dijo enfadado, corriendo hacia donde se encontraban.

A pesar de ser un híbrido, Guillermo era muy hábil con la magia y logró crear un escudo invisible que repeliese al sangre pura por varios segundos.

—Ella no debería acercarse a ti. Estará mucho mejor si se queda a mi lado. —Lo decía de forma posesiva. En el fondo, sentía algo por

Diana. No quería compartirla con un enemigo—. No la busquéis más. Estará mejor cuanto más lejos de ti.

—No quiero ir. —Diana estaba haciendo su mejor esfuerzo por liberarse— ¿Por qué hacés esto? —preguntó, sin obtener respuesta alguna.

Damián tuvo una idea tonta, pero que podría ayudarlos. Esperaba que ella comprendiera el mensaje.

—Escúchame —dijo a su amiga—; él puede ser un dragón, pero también es hombre y tiene puntos débiles.

La chica no solía comprender comentarios o chistes sexuales, pero esta vez, creyó haber entendido. Quizá, siempre lo entendía y, en el fondo, simplemente prefería ignorar el significado.

Pateó fuertemente a Guillermo en la entrepierna. El español cayó al suelo por el dolor y Diana corrió hacia Damián. Ahora eran dos contra uno.

El hibrido se puso de pie, enfurecido.

—Vosotros sois más débiles que yo. No me importa si atacan al mismo tiempo, les faltan demasiados años de entrenamiento para poder vencerme.

—La inteligencia le gana a la fuerza bruta —comentó Damián—. No lo notaste, pero desde que entré, estoy absorbiendo tu magia. — Sonrió.

Incluso Diana estaba sorprendida

—¿Dónde aprendiste eso? —preguntó confundida.

—No sé cómo explicarlo. Fue aquella noche que me mostraste el libro de hechizos. Recuerdo absolutamente todo lo que vi cuando lo revisé —admitió, encogiéndose de hombros—, así que estuve practicando.

Guillermo había oído que algunos dragones de tierra poseían esa habilidad, pero no eran muchos. Estiró su mano en dirección a los diversos muebles.

—Los muertos no pueden hacer magia —gruñó con sarcasmo mientras elevaba la mesa, las sillas y el sofá, arrojándolo todo sobre ellos.

Asustado, Damián empujó a Diana, recibiendo gran parte del impacto en su costado derecho. El dolor era insoportable, temía haberse roto el brazo.

—¿Estás bien? —preguntó ella.

Su amigo asintió y se puso de pie una vez más, alegrándose por ser zurdo.

—Diana, necesito que me hagás un favor —murmuró—; extendé tu mano hacia mí, girá la muñeca lo más que puedas y concentrá toda tu energía para enviármela —pidió—. Voy a terminar con esto. —Estaba tan enfadado que deseaba matar al español. Nunca había sentido tanta adrenalina recorrer su cuerpo. Quizás eran sentimientos que se habían formado al absorber la energía de Guillermo. No lo sabía, ni le importaba, simplemente quería destruirlo.

Diana se asustó al ver la expresión asesina que mostraba su mejor amigo. Recordó que su abuelo le había contado, en el pasado, que al utilizarse un conjuro complejo, el dragón pierde un poco de su humanidad. Se preocupó.

—¡No lo mates! —rogó. No podía explicar el motivo, pero sentía pena por Guillermo, deseaba ayudarlo. Consideraba que no era una mala persona y solo necesitaba ser feliz llevando una vida normal. Dejando el pasado atrás.

Cuando Damián obtuvo toda la magia de la chica, apuntó al balcón.

—Voy a intentar no hacerlo.

El poder que el descendiente de la tierra poseía en aquel momento era tanto que ambos híbridos podían percibirlo. Guillermo sabía que no podría defenderse luego de haber perdido casi toda su magia. Desplegó sus alas e intentó escapar, pero un rayo lo golpeó. El sangre pura era capaz de manejar los elementos.

—Te voy a dejar ir, pero no a donde vos querés —amenazó Damián. Se sentía realmente poderoso, como si fuera Dios. Temía perder el control por lo que quería terminar con todo el asunto velozmente.

Utilizó un movimiento de su brazo para que el viento empujara al español nuevamente dentro de la habitación. Luego, giró la muñeca hacia el otro lado causando que todas las puertas internas se abrieran, mostrando diversos paisajes.

—Me pregunto a donde te voy a mandar.

—¿Qué coño? ¿También manejas el espacio? —preguntó Guillermo confundido.

—Debo confesar que solo he utilizado esto para ir desde mi habitación al baño. —Ya no podía mantener los portales abiertos por mucho más tiempo. —Adiós —murmuró el conjuro fríamente al tiempo que creaba una nueva ráfaga de viento para empujar al español a través de la puerta que conducía al baño.

El joven se sostuvo del marco por unos segundos.

—Sabes que voy a volver; y no solo yo. Los hijos del cielo te perseguirán a ti y la organización asesinará a Diana. Disfruten de su amistad mientras sigan con vida. —Lo último que oyeron fue un grito del híbrido al caer del otro lado. Luego, los paisajes desaparecieron, el aire dejó de moverse y Damián cayó, desmayado. Había superado su propio límite.

No sabía a dónde había enviado a Guillermo. El bajista había pensado en diversas fotos de lugares desolados que aparecían en una revista de su madre. Podría estar en cualquier parte del mundo.

PAZ

Varios días habían pasado ya desde la pelea con Guillermo. Se sentía como un hecho lejano o, quizás, incluso como si jamás hubiese ocurrido. El único testimonio del enfrentamiento era el brazo enyesado de Damián que se veía ahora lleno de dibujos coloridos realizados por su mejor amiga, Diana.

El bajista, imposibilitado para ensayar, utilizó su tiempo libre para finalizar la lectura del libro que la híbrida estaba redactando. Lloró. Era una persona realmente sentimental y la historia de Diana le había llegado hasta el fondo de su corazón. Tal vez se debía a la forma apasionada con que ella describía lo sucedido. La tristeza lo invadió. Repasó las últimas páginas en reiteradas ocasiones, como si esperase que el final fuese a cambiar repentinamente. Intentó llamar a su amiga más de una vez, sin embargo, las palabras se quedaban en su garganta, anudadas. No sabía qué decirle. Al pensar en la pareja, podía ver claramente a Diana, vestida como en aquel retrato que le había mostrado. Era capaz de visualizar las escenas en su mente a la perfección. No podía dejar de pensar en ellos. Quería aliviar el dolor de su amiga. Claramente, no era capaz de devolverle la vida a aquel humano, pero sentía que podía hacer algo por ella. Dedicó varios días a la recolección de información. Realizó numerosos llamados y recorrió toda la Ciudad de Buenos Aires hasta encontrar lo que buscaba.

Cuando estuvo listo, un viernes por la mañana, pidió a su padre el auto y condujo a la universidad. Allí, esperó a Diana en la puerta y le dijo que quería llevarla a un sitio especial. En el camino, se detuvieron frente a una florería. Damián le extendió bastante dinero, indicándole a la chica que comprara el ramo de flores más especial que encontrara. Así lo hizo. Cuando ella regresó al auto, él le dijo que cerrara los ojos hasta nuevo aviso. Era una sorpresa.

Siguieron viajando por varios minutos.

El bajista detuvo el auto.

—No abrás los ojos aún —rogó, entregándole las flores para que ella las llevase. La guió a ciegas por un sitio al aire libre. Doblaron a la izquierda, luego a la derecha, como si estuviesen en un laberinto o algo por el estilo.

—Lo que voy a decirte ahora es importante —explicó el bajista—. Te traje a un lugar que no conocés pero sé que significa mucho para vos. Abrí los ojos —ordenó. El chico posó su mano sobre el hombro de Diana y señaló hacia el frente. Estaban en un cementerio.

—Leé.

Confundida, obedeció.

Luis Carlini. 1858 – 1884

Las lágrimas inundaron los ojos de Diana. Cayó de rodillas y abrazó la lápida con fuerza.

—No sabía su apellido. Me costó mucho encontrarlo. Pero sé que él te ha estado esperando. Sabía que algún día ibas a volver. —Damián, intentó no llorar.

—Perdoname Luis —decía ella una y otra vez. No podía controlar su llanto.

Permaneció así por casi una hora, hasta que pudo calmarse y ponerse de pie una vez más. Se secó las lágrimas con las manos.

—Luis, te traje flores —dijo suavemente mientras acomodaba el colorido ramo frente a ella—. Te extraño mucho, no debí haberme ido. —Se llevó una mano al corazón. El bajista la abrazó dulcemente, él también comenzó a llorar.

—¿Podemos ir al Tortoni? —preguntó Diana en un susurro.

Damián asintió y tomó la mano de su amiga.

—Claro —contestó, guiándola al auto una vez más. Ninguno de ellos habló durante el trayecto.

Al ingresar al establecimiento, Diana caminó hacia el fondo y señaló una imagen colgada en la pared. Se trataba de una vieja fotografía, sin color, donde se veía a los empleados del Tortoni en 1883.

—Ese es él. —Señaló a un joven de cabello ondulado que sonreía dulcemente a la cámara.

Se veía exactamente como Damián lo había imaginado.

—Esperame un toque —pidió el dragón, dirigiéndose al mostrador. Al regresar, llevaba un papel enrollado en su mano derecha.

—Le dije a un empleado que mi tío abuelo salía en esa foto y le pedí que me imprima una copia con la computadora del local. Tomá. —Le extendió la imagen —. Así podrás verlo cada vez que quieras.

Eran demasiadas emociones juntas. Tristeza, nostalgia y, al mismo tiempo, la alegría de haber encontrado a su amado. Sabía que se había ido para siempre, pero al menos podría visitarlo y recordarlo cuando lo deseara. Sus ojos se humedecieron una vez más.

—Gracias —pronunció suavemente—. En serio sos el mejor amigo que podría desear.

Esta vez, fue ella quien lo abrazó con fuerza.

—Nunca voy a dejar que hagas una estupidez y desaparezcas. Te voy a perseguir aunque no quieras. Te guste o no, voy a ser tu mejor amigo por siempre —contestó Damián, feliz de haber hecho algo por ella.

Ambos se sentían mejor. La culpa en el corazón de Diana se aligeró enormemente mientras que la tristeza del bajista se convirtió alegría por brindarle felicidad a la persona más importante para él.

—Voy a dejar de escribir mi libro por un tiempo —anunció ella, sentándose en la mesa que se encontraba junto a la fotografía. — Necesito relajarme y asimilar todo esto antes de continuar.

Damián se sentó frente a ella, asintiendo con la cabeza. Creía que su amiga había tomado una sabia decisión.

Almorzaron allí, en el Tortoni y luego regresaron a sus hogares, dejando atrás una etapa de sus vidas.

Ella sonreía, ingenua,
mientras el mundo entraba en guerra.

Un hombre planeaba matarla
y ella seguía sonriendo,
ciega, ante la proximidad de la tormenta.

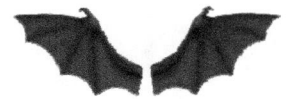

Epílogo

Svetlana Záitseva, Velkan Oan, Rashid Naseh, Lan-Fen Han y Dahirou Bantu, los enviados de Kisho, arribaron a sus respectivos destinos en Sudamérica.

Svetlana, de origen ruso, era una mujer hermosa, de largo cabello rubio y piel de porcelana. Aparentaba tener aproximadamente treinta años humanos. Solía llevar sus ojos delineados en negro y los labios pintados de rojo. Era alta y extremadamente delgada. Como representante de la tierra, su especialidad era la magia espiritual. Descendió del avión en el aeropuerto de Medellín, Colombia.

Velkan, conocido como el ángel de hielo, se había criado en el frío de Finlandia. Sus alas eran traslucidas, como cristales que podían reflejar la luz, formando bellos arco iris a su paso. En comparación con el resto de los enviados, se trataba de un niño albino, de escasa estatura y apariencia débil. Sin embargo, su fuerza era comparable con la de los más admirables dragones de cielo adultos. Naturalmente, utilizó sus habilidades para transportarse y aterrizar en Perú.

Rashid era un hombre de tez morena, cabello largo y rasgos árabes. Muchos otros magos le temían ya que se trataba de un maestro capaz de dominar tanto el espacio como los elementos y el control. Había sido expulsado de la OPS varios años atrás por prácticas no autorizadas de magia en humanos. A pesar de esto, Kisho confiaba en él y en sus habilidades. Era, posiblemente, el más peligroso de todos los enviados, por ello lo habían designado al país de mayor tamaño, Brasil.

Lan-Fen había sido en sus orígenes una princesa China. Al pasar los años debió renunciar a su herencia y comenzar su vida como descendiente del aire. Si bien era una mujer, su destreza con las armas era innata. Podía utilizar cualquier clase de herramienta bélica con gran maestría. Era una mujer de poca estatura, grandes pechos y con algo de sobrepeso. Los magos de la organización la llamaban *"La cerdita asiática"* en forma despectiva. No era demasiado popular debido a su mal carácter. Su misión era encontrar a los híbridos establecidos en Bolivia.

Dahirou, el último delegado, había nacido en África poco antes de la conquista europea. Lo habían enviado como esclavo a Estados Unidos hasta llegada la guerra de secesión, cuando logró regresar a su lugar de origen, actual Senegal. A pesar de ello, su apariencia era amable, sonreía la mayor parte del tiempo y amaba la música. Era un mago, pero sus poderes se centraban en la curación, una habilidad poco belicosa y muchas veces menospreciada. Llevaba su cabeza totalmente rapada y vestía con ropa colorida. Había escogido Buenos Aires como su destino ya que sabía que encontraría allí a muchos compatriotas que se dedicaban a la venta callejera de accesorios, esto le facilitaría el mezclarse con ellos para poder espiar a los dragones que transitaran la ciudad.

Cuando partieron a sus respectivos destinos, Kisho les envió el siguiente mensaje:

"Mañana temprano recibirán la lista de todos los dragones híbridos que residen en Sudamérica. A partir de Navidad, tienen un mes para encontrarlos. En caso de no hallar al culpable, treinta días más para traerlos ante mí. El mundo entero depende de ustedes."

Sobre la autora

Nathalia Tórtora nació en Ramos Mejía (provincia de Buenos Aires - Argentina) en 1991.

Estudió en el Colegio Santo Domingo, graduándose en diciembre del 2009.

Durante sus años en el secundario, participó de numerosos clubes de lectura y talleres literarios.

Estudió en la Universidad del Museo Social Argentino, desde 2010 hasta 2014, obteniendo el título de Licenciada en museología y gestión del patrimonio cultural.

Estando ya graduada, decidió dedicarle más tiempo a su pasión por la literatura.

En los últimos años ha ganado numerosos concursos literarios, obteniendo también menciones con sus textos más cortos (poesías y cuentos). También la han publicado en un revistas culturales y antologías internacionales.

Contrajo matrimonio a mediados del 2015, mudándose a Albany (Nueva York –Estados Unidos), ciudad en la que reside actualmente con su esposo.

Pueden encontrar más información en su página web

www.uutopicaa.com

También están invitados a leer sus textos en:

www.wattpad.com/user/uutopicaa

www.textos.uutopicaa.com

ÍNDICE

www.ingramcontent.com/pod-product-compliance
Lightning Source LLC
Chambersburg PA
CBHW060210180626
46813CB00007B/2764